JE SUIS LA FEMME DE BARBE-BLEUE

À R. D.

Tous les chagrins sont supportables
si on en fait un conte.

KAREN BLIXEN

Le palimpseste

Pourquoi y a-t-il du sang sur cette clef ?

« Et vous voyez, contrairement à vos prédictions, l'histoire se termine bien ! »

Avant de me fixer avec son rictus habituel, elle a objecté :

« Je ne fais pas de prédictions, je ne suis pas voyante ! Passons… mais qu'est-ce que vous entendez par “se termine bien” ? »

Elle a prononcé ces trois derniers mots en détachant chaque syllabe. Elle m'insupportait vraiment.

Pourquoi étais-je revenue la voir après toutes ces années ?

Je détestais son assurance, son petit air de tout comprendre, ses mimiques, sa façon de se caler au fond de son fauteuil et de relever le menton en me fixant. Et j'ai senti que je perdais pied.

Cette horrible sensation de me dissoudre était sur le point de revenir. J'ai enfoncé très fort l'ongle de mon pouce droit dans la paume de ma main gauche mais je n'ai rien senti. J'ai regardé la porte et j'ai visualisé le nombre de pas que je devrais faire pour atteindre la sortie après avoir attrapé mon manteau sur le dossier de mon siège.

Qu'est-ce que j'allais trouver comme prétexte cette fois-ci : *J'ai laissé quelque chose sur le feu* ? *J'ai oublié que j'avais un rendez-vous urgent, désolée, je dois partir immédiatement* ? Ces excuses étaient-elles crédibles ?

Je me demandais si les attaques de panique me poursuivraient jusqu'à la fin de mes jours. Je lui en voulais sûrement de ne pas m'en avoir guérie. Ces crises qu'elle appelait « épisodes de dépersonnalisation » et que j'appelais mes évanescences.

Des années à interpréter, disséquer chaque parole, chaque acte, tout mon passé à la moulinette de l'analyse. Elle se targuait d'être jungienne, mais avec des nuances qui m'échappaient totalement et qui me faisaient une belle jambe. Je n'osais même pas penser à ce qu'elle aurait dit si j'avais prononcé sur ce divan cette expression « belle jambe ». C'était parti pour une heure de blabla à quatre-vingts euros.

Je ne devais pas sortir. Je devais terminer ce que j'étais venue faire. J'ai relâché la pression de mon pouce dans ma paume et j'ai secoué mes mains pour dissiper les fourmillements. J'ai fait un effort mais il fallait que je lui dise.

« J'imagine que vous ne vous souvenez pas de ce que je vous ai raconté pendant ces années d'analyse… »

Elle avait toujours le menton pointé vers le haut, elle a tordu la bouche sans émettre de son. J'ai continué :

« Lors d'une séance, c'était peu de temps avant l'arrêt de mon analyse, j'ai évoqué le mot “palimpseste”. C'était bizarre, j'avais ce mot dans la tête depuis quelques jours et j'avais vérifié sa définition. Du pain bénit pour vous ! »

J'ai eu envie de la blesser et je lui ai rappelé ce qu'elle m'avait dit alors :

« Vous vous êtes lancée dans une interprétation en parlant de lecture d'un mot dans un sens et dans l'autre, vous trouviez que c'était très révélateur. Mais vous aviez confondu les mots "palindrome" et "palimpseste" ! Eh oui, un palindrome c'est un mot qui peut se lire de gauche à droite ou de droite à gauche, mais un palimpseste c'est tout autre chose : c'est un manuscrit qu'on a effacé et sur lequel on a réécrit. »

Sa bouche s'est tordue un peu plus. Sa grimace la rendait presque effrayante.

« Vous avez essayé de vous rattraper en vous lançant dans une explication hasardeuse. Je me souviens encore de votre ton grandiloquent quand vous avez prononcé : palimpseste, j'entends "pâle inceste" ! Et je m'étais exclamée : "Mais quel inceste, je n'ai jamais été victime d'inceste !" Vous êtes restée dans le flou, comme d'habitude, avec ces questionnements sans fin : "C'est à vous d'y réfléchir, de quel inceste peut-il s'agir ?" »

Elle a relâché la torsion du bas de son visage et a sifflé en plissant les yeux :

« J'entends de la colère chez vous… »

Sans doute était-ce exact et cette émotion m'aidait-elle à résister à mon évanescence, à me sentir vivante. Je venais lui reprocher les heures perdues, l'argent jeté par la fenêtre, les fausses pistes, les erreurs d'interprétation et lui dire : *Vous vous êtes trompée, vous pensiez que cette histoire allait me tirer vers le bas, que j'allais rejouer un scénario déjà connu et que tout cela allait m'enfoncer, nous enfoncer tous les deux et peut-être même nous détruire, eh bien non !*

J'ai soupiré.

« Peut-être que je ressens de la colère, parce qu'on peut dire ce qu'on veut, mais l'analyse ne change rien. On passe des années à essayer de comprendre, ça part dans tous les sens et l'angoisse est toujours là. J'en ai appris beaucoup plus sur moi, j'ai beaucoup plus avancé avec toute cette histoire qu'avec votre analyse. »

Elle m'a reprise :

« Ce n'est pas mon analyse, c'est la vôtre...

– Si vous voulez, mon analyse. Je reviens au palimpseste, à mon palimpseste ! On porte tous en nous un manuscrit ancien qui semble indélébile. Et puis, un jour... »

Je me suis tue.

Les larmes

Elle aurait attendri un rocher, belle et affligée comme elle était, mais la Barbe-Bleue avait le cœur plus dur qu'un rocher.

Je pleurais depuis au moins deux heures. Allongée sur le lit, habillée, je me tordais de douleur et quand je sentais mon chagrin s'apaiser, je laissais venir un souvenir funeste pour appeler un nouveau flot de larmes.

B. était parti en claquant la porte et en criant :

« Je rentrerai, sûrement tard, mais je rentrerai ! Occupe-toi : classe les photos, prépare un clafoutis… »

J'avais répété pour la dixième fois, de moins en moins fort : « Je ne veux pas que tu y ailles », et la porte s'était refermée, me laissant dans le silence de ce dimanche d'hiver.

J'ai regardé les feuilles tourbillonner par la fenêtre. Leur déplacement aérien me faisait appréhender par contraste la lourdeur des heures à venir. Elles m'apparaissaient comme des blocs de pierre impossibles à déplacer, trop lourds pour mon petit corps.

Je suis restée en pyjama une partie de la journée. Je n'ai pas déjeuné, je ne suis pas sortie, j'ai enfilé un jogging dans l'après-midi et j'ai exécuté ses ordres : j'ai trié les photos de nos dernières vacances, j'ai préparé un clafoutis aux poires que j'ai laissé refroidir sur la table de la cuisine pour qu'il le voie en rentrant.

À dix-sept heures, la nuit m'a rattrapée. Loin de m'apaiser, elle m'a engluée dans une solitude extrême. Je ne percevais aucun signe de vie humaine. Je n'avais parlé à personne depuis le matin. Mon téléphone n'avait pas sonné, je n'avais reçu aucun message.

J'avais accompli toutes mes tâches commandées, je n'avais plus aucun projet. Je n'avais pas allumé les lumières. Tout comme ce jour n'avait pas eu de consistance, cette nuit n'en aurait pas. Je suis allée dans notre chambre et me suis allongée à sa place, le nez plongé dans son oreiller pour chercher son odeur.

J'y trouvais cette odeur d'huître qui émanait de sa peau.

Dans mes moments d'angoisse, seule son odeur pouvait m'apaiser. Je plongeais la tête dans son cou et je le respirais.

La puissance de cet effluve dans l'obscurité de notre chambre m'a ramenée à son absence. Loin de combler le manque de lui, elle l'a décuplé et la vision de sa tête sur un autre oreiller dans une autre chambre à cet instant a surgi.

Partager son odeur m'était insupportable.

Je laissais sortir tout mon chagrin, j'avalais le sel de mes larmes qui se mêlait à son odeur.

La douleur de son absence se confondait avec la douleur des autres absences que j'exhumais et jetais dans le feu de ce chagrin.

Depuis toujours je savais alimenter mes souffrances des malheurs présents et passés, de mes désespoirs et de ceux des autres.

Les gâteaux

Sa femme fit tout ce qu'elle put pour lui témoigner qu'elle était ravie de son prompt retour.

Il est rentré vers trois heures et m'a trouvée allongée en travers du lit. J'avais dû finir par m'endormir, épuisée.

Il m'a remerciée pour le clafoutis en m'embrassant sur le front. Pas un mot sur mes cheveux encore trempés de larmes, mon vieux jogging froissé.

Il s'est déshabillé et glissé sous la couette, il m'a légèrement poussée pour me remettre à ma place et s'est collé à moi. J'ai senti sa respiration chaude dans mon cou et son odeur mélangée à un parfum que je ne connaissais pas. Il m'a murmuré : « Bonne nuit, mon amour » en s'endormant.

Il a découpé une part de clafoutis pour son petit déjeuner.

J'ai annulé mes rendez-vous de la matinée, trop défaite pour les assurer.

J'étais épuisée et n'avais pas la tête à écouter les autres me raconter leurs problèmes conjugaux. Ces histoires me passionnaient pourtant, et je ne m'en lassais pas alors que mes confrères me disaient : « Au bout d'un moment, tu ne supporteras plus tous ces gens qui viennent pleurer dans ton cabinet parce que leur femme les a trompés ou qui se battent pour partager les petites cuillères ! »

Il fallait vraiment que je sois fatiguée ce matin-là pour renoncer au récit d'un adultère ou d'une scène de ménage.

Je suis restée longtemps sous la douche, j'avais choisi la bonne température, celle qui remplaçait la tiédeur de ses bras absents, et je suis restée immobile, l'eau douce parcourant ma peau glacée par le manque et le froid.

J'ai passé la matinée à faire un « gâteau polonais », un des gâteaux de mon enfance :

une pâte briochée recouverte de crumble. J'avais essayé de retrouver la recette mais je ne parvenais pas à reproduire l'original. Ma mère m'avait souvent répété que sa propre mère était morte en emportant toutes ses recettes et je n'avais jamais osé lui demander de me transmettre celle du gâteau polonais : parler de cette transmission, c'était envisager sa mort.

Ce gâteau, c'était celui des jours de fêtes familiales, celui que je demandais pour mes anniversaires, celui qui m'avait consolée des premières déceptions, des premiers chagrins d'amour. C'était sa recette, souvenir de son enfance dans les corons avec toutes les communautés, polonaise, italienne ou yougoslave. Depuis qu'elle n'était plus là, et dans tous ces instants où l'absence me laissait suffocante, je faisais des gâteaux, ses gâteaux.

Je cherchais des recettes qui me semblaient similaires sur Internet, je tentais des mélanges et des dosages pour retrouver le goût de la pâte, les arômes, les textures. Je jubilais en observant la pâtisserie qui levait et dorait dans le four, j'avais les larmes aux yeux au simple parfum du sucre vanillé étalé sur la croûte encore chaude d'un clafoutis, à racler et lécher le fond d'une casserole de crème pâtissière brûlante, à manipuler le torchon humide et tiède autour de la génoise du roulé au chocolat.

Souvent, l'aspect du gâteau me laissait croire à la réussite de ma copie, mais elle s'avérait très décevante à la dégustation : même les biscuits ou les tartes les plus simples n'avaient jamais le goût de ceux que faisait ma mère.

Ce gâteau polonais était raté comme tous les autres. Il était beaucoup trop sec. Je l'ai démoulé et l'ai laissé sur la table de la cuisine à côté du clafoutis d'hier. B., qui n'avait qu'un vague souvenir de celui de ma mère, me dirait sûrement qu'il était délicieux.

L'appartement 2

Il était une fois un homme qui avait de belles maisons à la ville et à la campagne.

Nous vivions dans mon appartement, celui que j'avais acheté après la mort de ma mère, avec l'argent de l'héritage. Ensemble, nous avions repeint la chambre, changé le carrelage de la salle de bains et installé un immense canapé à motif rouge et bleu qui occupait tout le salon, mais ces petites transformations ne changeaient pas sa perception de ce logement : B. disait qu'il l'aimait beaucoup mais qu'il ne s'y sentait toujours pas chez lui.

Il avait envie d'une maison avec un grand séjour et plusieurs chambres. Il traversait une période d'enthousiasme et tout le réjouissait : il voulait déménager, faire des travaux, s'occuper d'un jardin.

J'étais vraiment satisfaite de son entrain. Je pensais qu'il atteignait un équilibre, une maturité. Il avait vingt-huit ans au moment de notre rencontre et il ne pensait qu'à développer son activité professionnelle, à trouver de nouveaux contrats dans des clubs de fitness. Depuis quelques mois, il avait l'air plus serein et il répétait : « J'ai envie de construire quelque chose avec toi, nous allons acheter une maison à nous ! »

Nous habitions le sud de la région parisienne, à la frontière de la vallée de Chevreuse. Mon appartement était situé dans une résidence de centre-ville comme on en bâtissait dans les années quatre-vingt-dix : une toiture en fausses vieilles tuiles et un crépi un peu rosé qui l'intégrait aux maisons de ville adjacentes.

L'intérieur était très lumineux : de belles portes-fenêtres ouvraient sur la rue et apportaient de la clarté à chaque pièce.

J'appréciais sa situation : dans une rue calme mais au milieu d'un village. Lorsque je regardais par une des larges fenêtres, je pouvais toujours apercevoir un passant ou un voisin. J'aimais que cet appartement n'ait jamais été habité avant moi. Je l'avais acheté sur plan et l'avais entièrement décoré : une cuisine Ikea en pin clair, quelques meubles de salon sobres et droits, des photos noir et blanc finement encadrées dans chaque pièce. Tout était neuf, j'avais remisé dans des cartons les objets provenant de la maison de mes parents et j'avais déposé ceux-ci et les meubles de mon héritage dans un des lieux de stockage qui se multipliaient en banlieue. Je me retrouvais dans un univers neutre, blanc, vierge. Même les photographies sur les murs étaient insignifiantes : des personnages sans visage, des paysages dans la brume.

Avant moi, B. avait habité plusieurs années seul un studio dans les environs, ses vêtements y étaient entassés dans une penderie provisoire, il n'avait qu'une kitchenette dans un coin du salon et une salle de bains minuscule. Je lui avais fait de la place dans mes placards et il n'avait apporté de son ancienne vie qu'un appareil à raclette qu'il venait d'acheter. Tout le reste me semblait sans intérêt et il avait accepté de s'en débarrasser sans rechigner.

Désormais, il avait envie d'un lieu chargé d'histoire : une maison ancienne, des murs en pierre, des poutres apparentes, une cheminée.

Je lui rétorquais : « C'est un peu banal comme rêve, tu ne trouves pas ? »

Il avait toujours vécu en appartement et il savait argumenter pour défendre son désir de vieilles pierres.

Il pensait que nous pourrions rénover une maison ancienne, agrandir les fenêtres, abattre des murs, conserver mes meubles design et créer un contraste entre les matériaux anciens et une décoration contemporaine.

Une agence nous avait fait visiter une maison de ville des années trente avec un petit perron surplombé d'une marquise en fer forgé. J'avais trouvé le style Art déco de la façade plein de charme, avec ses ornements en céramique bleutée, son petit jardin et son allée bordée de buis taillé très chic. Mais la visite de l'intérieur m'avait fichu le cafard : un couloir étroit distribuait les pièces du rez-de-chaussée, l'escalier qui menait à l'étage grinçait et les chambres étaient sombres et encombrées de vieux meubles en bois foncé.

La propriétaire avait assisté à la visite de sa maison. C'était une femme âgée qui désirait vendre car elle ne pouvait plus monter à l'étage. Le jeune marchand de biens nous avait chuchoté en nous raccompagnant sur le perron :

« Son mari vient de mourir, elle ne veut plus rester seule dans cette maison, elle est trop angoissée, une bonne négociation est sûrement possible ! »

Sa remarque m'avait glacée.

B. ne comprenait pas.

« Le prix est intéressant, on pourrait même le discuter, d'après l'agent immobilier, on aurait les moyens de transformer et rénover l'intérieur. La propriété est bien située, le jardin est sympa ! »

J'avais reconnu que j'aurais peur de vivre dans une maison isolée et ancienne. Sa motivation lui donnait réponse à toutes mes objections.

« Le quartier est quand même plutôt tranquille et on fera poser une alarme si ça te tranquillise... »

Je ne pouvais pas lui avouer que, contre ma peur, aucune alarme ne serait efficace : j'avais peur des fantômes.

L'appartement 1

Je vois, répondit-elle, deux cavaliers qui viennent de ce côté-ci, mais ils sont bien loin encore.

J'avais le souvenir d'un grand appartement sombre. Ma mère m'a appris un jour – alors que j'avais plus de vingt ans – que nous vivions dans un petit trois pièces, que j'occupais une des chambres et, qu'avec mon père, ils dormaient dans le canapé du salon.

La deuxième chambre était fermée, inaccessible.

J'avais interrogé ma mère :

« Je me souviens d'un long couloir avec des portes closes, un grand salon meublé d'un imposant buffet surmonté d'un marbre veiné de rouge. C'est fou comme notre souvenir agrandit les lieux de notre enfance ! L'appartement était exigu alors ? Il manquait de lumière aussi ou c'est encore mon imagination ?

– Non, tu as raison, les fenêtres étaient étroites et surtout il était situé tout au fond de la cour. C'était très calme, on n'entendait pas du tout la circulation de la rue de Sèvres, à part peut-être les sirènes des ambulances qui se dirigeaient vers l'hôpital des Enfants-malades. Mais on vivait avec les lampes allumées la plupart du temps, même en plein jour... et toute la nuit, puisque tu avais peur de dormir dans le noir ! »

J'ai vécu les six premières années de ma vie dans cet appartement. J'ai joué avec les vieilles poupées de ma sœur, dîné sous son portrait accroché au-dessus du buffet de la salle à manger. Mais j'ai appris à marcher à la campagne. Mes parents avaient acheté une maisonnette en bois posée sur un grand terrain dans la vallée de Chevreuse et nous quittions Paris tous les vendredis soir pour n'y revenir que le lundi matin. Là-bas, j'ai appris à marcher, puis à courir, à faire du vélo. Été comme hiver, je vivais dehors. Le confort était sommaire : mon père avait ajouté à la maison une petite chambre pour y accueillir mon lit et une salle de bains qu'il avait équipée d'une drôle de baignoire sabot.

Les murs étaient mal isolés, l'air se faufilait sous les portes et mon père rechignait à passer les week-ends d'hiver à Orsay, craignant que je prenne froid. Je m'obstinais : « Je veux y aller, je veux y aller, je n'ai pas froid, je veux faire du vélo, jouer dehors ! »

Le lundi matin, je n'avais pas envie de rentrer à Paris. Mes parents croyaient que j'étais inquiète à l'idée de reprendre l'école, je pleurnichais en implorant de rester dans ma petite maison au bord de la rivière.

Lorsque j'ai eu cinq ans, j'ai commencé à avoir mal au ventre tous les dimanches soir. Je vomissais souvent. Mes parents se sont affolés et ont appelé le médecin de famille qui a prescrit des examens. Les investigations n'ont révélé aucune maladie.

Après un an de pleurs, de douleurs et d'incompréhension, mes parents ont décidé que l'air de la campagne me ferait du bien et s'y sont installés définitivement. Mon père a agrandi une fois de plus notre petite cabane pour y installer une vraie cuisine et une deuxième chambre pour eux.

Ils ont résilié le bail de l'appartement parisien, laissant derrière eux une vie de souvenirs avec une très grande nostalgie, que je ne pouvais percevoir à l'époque. J'exultais, j'allais vivre au milieu des arbres et rejoindre la classe de l'école primaire de notre village.

Ils avaient remisé les photos de ma sœur sur le secrétaire de leur chambre. J'avais conservé son vieux nounours sur le haut d'une étagère. Leur vie d'avant s'effaçait peu à peu du décor et ne subsistait plus que par touches disséminées dans quelques recoins de la maison.

Le château

Voilà, lui dit-il, les clefs des deux grands garde-meubles, voilà celle de la vaisselle d'or et d'argent, celles des cassettes où sont mes pierreries…

Les visites immobilières sont devenues nos loisirs des fins de semaine. Pendant plus d'une année, B. a écumé toutes les agences du coin, il repérait chaque nouvelle annonce sur Le Bon Coin, Paru Vendu, Se Loger. Il était connu de tous les commerciaux et il prenait des rendez-vous chaque samedi pour visiter les biens qu'il avait repérés : certains ne répondaient plus à ses appels, nous considérant comme de très mauvais clients car je trouvais toujours un défaut rédhibitoire à chaque nouvelle maison. D'autres – les plus jeunes, les plus ambitieux – s'étaient mis en tête de satisfaire notre quête du logement idéal, de répondre à tous nos critères et de percevoir enfin la commission qu'ils méritaient pour avoir perdu des heures à nous présenter des biens immobiliers et à argumenter.

Nous avons fait le tour des maisons anciennes du centre-ville des années vingt à cinquante, des résidences de la périphérie, nous avons même visité sur mon insistance quelques appartements en étages élevés avec terrasse. Je jugeais toujours les vieilles bâtisses trop sombres et, quand elles ne l'étaient pas, leurs escaliers me semblaient dangereux, leurs chambres trop étroites, leurs murs trop humides. Dans les premiers mois de notre recherche, mes raisons paraissaient concrètes : je savais attirer l'attention sur la présence de termites ou de résidus de peinture au plomb qui viendraient nous empoisonner. Ensuite, B. a fini par s'impatienter, il n'était plus dupe de mon attitude : je tentais de le décourager et de maintenir un *statu quo* dans notre grand appartement de centre-ville.

Tous ses projets me rassuraient sur notre avenir commun, mais mon angoisse de quitter mon logement était si forte que j'occultais les promesses d'avenir : j'avais vraiment de sérieux doutes sur la qualité des biens immobiliers. Je m'étais même rangée à son opinion sur les résidences Kaufman and Broad qui avaient poussé dans les champs environnants : leur banalité ne nous convenait pas.

Un samedi soir, alors que nous avions passé l'après-midi avec un jeune commercial enthousiaste et que je m'apprêtais à éplucher les défauts des maisons visitées, B. m'a pris la main gentiment mais fermement.

« Je sais ce que tu vas dire : trop de ci pas assez de ça... On peut poursuivre nos recherches pendant cinq ans, tu trouveras toujours à redire. J'ai vraiment l'impression que tu n'as pas envie que nous achetions une maison ensemble ! »

Je lui ai répondu très sincèrement :

« Mais pas du tout, je t'assure, j'en ai vraiment envie, mais je crois qu'on n'a pas encore trouvé la maison idéale ! »

J'étais perdue. J'avais envie d'avancer et je me sentais incapable de prendre une décision.

Il a senti mon désarroi.

« Tu veux que je décide pour nous deux ? »

Cette possibilité me semblait aberrante : m'en remettre à son choix alors que depuis des années j'avais toujours décidé de tout, j'avais choisi seule mon appartement, j'avais créé mon cabinet d'avocat, j'avais loué un bureau, l'avais aménagé. J'ai senti que je ne pouvais plus différer la décision, au risque de perdre B. Je me suis sentie acculée, ma mâchoire s'est crispée mais je suis parvenue à lui répondre :

« Vas-y, prends la décision ! »

Il m'a serrée dans ses bras et embrassée sur le front, puis m'a chuchoté :

« C'est mieux comme ça… »

Bizarrement, pendant les semaines qui ont suivi, il n'a plus parlé d'achat immobilier. J'ai retrouvé une sérénité, espérant sans trop y croire qu'il passe à autre chose. Puis, un vendredi soir, il est venu me chercher au cabinet. J'ai senti qu'il jubilait et ma gorge s'est serrée. À peine installés dans la voiture, il m'a annoncé :

« Alors là, tu ne vas pas le croire, j'ai trouvé la perle rare, la maison de rêve, enfin quand je dis "maison"… », et il a démarré.

Il s'est engagé sur la nationale et a roulé vers la sortie de la ville.

« On va où là ? Tu m'emmènes visiter quelque chose ? »

Il a sorti un très gros trousseau de clefs de la boîte à gants et me l'a posé sur les genoux en riant.

« Tu verras... Surprise ! »

J'ai sursauté.

« Ne me dis pas que tu as acheté une maison sans m'en parler, tu n'aurais pas fait ça !

– Je n'ai rien signé, rassure-toi, mais je suis sûr que tu vas adorer... »

Nous avons quitté la nationale à la première sortie et avons roulé pendant quelques kilomètres sur une petite route au milieu des bois. Le soleil du mois de juin filtrait à travers les branches. Je me suis inquiétée à plusieurs reprises :

« Mais tu m'emmènes où ? On ne va pas visiter une maison isolée au moins ? »

Il a chantonné dans un sourire :

« Non, non, non, pas une maison ! »

Nous sommes sortis de la route et nous sommes engagés sur un chemin de terre empierré bordé de tilleuls. Nous avons été secoués pendant quelques centaines de mètres par les irrégularités de l'allée. Je n'apercevais toujours aucun bâtiment. Après un petit virage à droite, nous nous sommes retrouvés devant un immense portail en fer rouillé. B. a saisi le trousseau de clefs, est sorti de la voiture, m'a ouvert la portière. Il a dû essayer plusieurs clefs avant de trouver la bonne, puis a poussé un vantail qui a raclé le sol et s'est entrebâillé en émettant un grincement.

La végétation envahissait le jardin : des lilas poussaient au milieu des ronces et des orties géantes, l'herbe était haute et nous avons avancé vers une bâtisse que nous apercevions derrière de grands arbres. Un séquoia masquait une partie de la façade. Nous progressions sans dire un mot : nous avions le regard fixé devant nous afin d'éviter de nous accrocher dans les ronces et de trébucher sur les branches mortes qui jonchaient le sol.

Nous avons soudain buté sur une marche en pierre : un escalier en fer à cheval sortait de la végétation et montait vers un perron. J'ai levé la tête : nous étions au pied d'une immense bâtisse de trois étages, surmontée d'une toiture en ardoises et flanquée de deux tours rondes.

J'ai été impressionnée par la hauteur du bâtiment, le nombre de fenêtres, l'éclat des pierres blondes de la façade qu'éclairait le soleil déclinant. Le lierre avait en partie recouvert une des tours et s'infiltrait à l'intérieur par un carreau cassé.

J'ai lâché la main de B. et j'ai gravi les quelques marches. Après avoir entrouvert un volet mal fermé, j'ai approché mon visage de la vitre pour apercevoir l'intérieur. Elle était opaque tant elle était couverte de poussière et je ne voyais rien.

Je me suis retournée, B. était resté au pied de l'escalier et me regardait.

Il m'a tendu les clefs et il m'a dit :

« Bienvenue dans ton château ! »

Le cimetière

Anne, ma sœur Anne, ne vois-tu rien venir ?

Ma mère m'épluchait des marrons grillés que nous achetions chez le marchand posté à l'entrée du cimetière. Nous nous installions sur la tombe comme autour d'une table et je jouais avec les petits cailloux blancs qui la recouvraient. Pendant ce temps, mes parents s'affairaient. Ils désherbaient la jardinière, retournaient la terre, plantaient des cyclamens et des pensées. Ils frottaient la stèle avec un chiffon et redoraient les lettres gravées avec un pinceau très fin.

Son nom y était gravé à côté d'une croix : Anne D.

Lorsque nous habitions Paris, nous lui rendions visite plusieurs fois par mois, en fin de semaine, avant de partir dans notre maison de campagne. J'associais cette sortie à ces départs en week-end que j'attendais avec impatience. L'instant était joyeux.

Au moment de quitter l'appartement, mon père prononçait cette étrange phrase : « Nous allons passer voir Anne. » Et il chargeait la voiture avec les fleurs, les chiffons, une balayette et une petite pelle, un arrosoir. Puis ma mère m'habillait et m'installait au milieu de tout ce matériel.

Nous avons poursuivi ce rituel lorsque nous avons déménagé à la campagne, et j'aimais ce trajet en voiture d'un coin de nature à un autre.

Les arbres y étaient plus majestueux que dans notre petit jardin d'Orsay, les grandes allées bordées de marronniers ouvraient leur perspective vers l'infini et mes parents me laissaient courir entre les sépultures.

Je n'ai jamais vu aucune tristesse sur leur visage pendant ces visites. Peut-être même avaient-ils cette impression que la famille était au complet : leur fille aînée et leur cadette enfin réunies.

Cette fille aînée, morte deux années avant ma naissance d'une leucémie foudroyante à l'âge de dix-sept ans. Cette fille dont, du plus loin que je me souvienne, j'ai toujours connu l'existence. Ou la non-existence. Des photos, des objets qui lui avaient appartenu parsemaient l'appartement. Je percevais l'importance de ceux-ci comme autant de traces de sa présence, et je les observais comme autant d'énigmes.

Cette fille désincarnée et mystérieuse que mes parents appelaient « ma sœur ».

« Nous allons rendre visite à ta sœur aujourd'hui. »

Une sœur qui m'empêchera de répondre simplement à la question : « Avez-vous des frères et sœurs ? » par « Je suis fille unique. » Et qui m'entraînera dans d'obscures explications : « Enfin, je ne suis pas vraiment fille unique, ma sœur est morte… mais je ne l'ai pas connue. »

Une sœur qu'il faut bien nommer ainsi, puisque nous sommes issues des mêmes parents. Une sœur de sang.

Cette fille dont mes parents parlaient au passé, au présent et au futur : « Nous allons passer voir Anne », « Elle aimait tant les fleurs blanches et détestait les chrysanthèmes, nous allons planter d'autres cyclamens blancs, ça lui plaira beaucoup ! »

Adolescente, j'avais surpris une discussion : ils expliquaient qu'ils n'avaient pas pu la faire enterrer à l'emplacement qu'ils souhaitaient et qu'ils avaient dû attendre plusieurs années pour le faire. Mon père avait alors donné quelques détails : « Anne aimait tellement le bruit de la ville, nous aurions voulu la faire enterrer près de la rue mais il n'y avait plus de concession disponible. Nous avons dû attendre qu'un caveau se libère pour faire déplacer son corps quelques années après sa mort. »

Je vivais avec la présence de cette sœur invisible qui aimait toujours autant les fleurs blanches que nous lui apportions et appréciait d'entendre l'agitation du monde autour de nous.

Je flottais dans cette histoire, entre passé et présent. Cette histoire vertigineuse des années d'avant ma naissance – dans laquelle vivaient mes parents avec cette autre petite fille unique.

Cette sœur que nous allions voir sans jamais la voir.

Et là, au cours de ces sorties dans le grand jardin, sans doute avais-je besoin d'éprouver ce sentiment de ma présence, celui d'être bien vivante. Je respirais l'odeur des marrons chauds que je dévorais, je contemplais les grandes allées, je sentais les battements de mon cœur et l'accélération de ma respiration quand je courais entre les tombes.

Parfois mon regard s'arrêtait sur une photo sépia posée sur une vieille sépulture brisée et je venais observer l'intérieur du caveau par l'ouverture béante. Je n'y voyais rien que l'obscurité de la terre qu'aucune lumière ne pouvait atteindre et je restais là, fascinée par un mystère.

La pendaison de crémaillère

De la vaisselle d'or et d'argent, des meubles en broderie et des carrosses tout dorés...

Le château a été au centre de toutes nos conversations pendant des semaines. B. avait tout organisé, trouvant rapidement le financement, les entreprises compétentes qui pourraient assurer la remise en état et j'avais admis que l'idée de posséder un bien aussi somptueux à un prix accessible était tentante.

J'avais découvert que les châteaux en mauvais état ne valaient pas grand-chose, pas même le prix d'une maison dans une résidence Kaufman and Broad. Bien sûr, il faudrait ajouter le coût des travaux, mais B. m'avait convaincue que nous pourrions y installer nos activités professionnelles respectives, mon cabinet d'avocat pourrait trouver sa place dans une aile du rez-de-chaussée et le centre de remise en forme qu'il prévoyait de créer occuperait le grand salon et l'aile opposée. Il avait passé des heures à établir un business plan et notre banque avait déjà émis un avis favorable au vu du chiffre d'affaires de mon activité.

Le jeune agent immobilier qui avait conclu la vente était venu nous rendre visite après la signature chez le notaire en brandissant une bouteille de champagne. Nous avions trinqué au milieu des débris du plafond qui s'effritait sur le sol du salon. Il avait exprimé sa satisfaction d'avoir rempli sa mission et, dans un élan de sincérité, il m'avait fait part de son étonnement :

« Franchement, maintenant je peux vous le dire, je suis très surpris que vous vous soyez décidée pour ce bien. J'aurais parié que vous finiriez par convaincre votre mari d'acheter une maison contemporaine. Il a dû être très persuasif, je me demande comment il a pu retourner la situation ? »

Le soir même, B. a organisé un dîner sur une table de jardin en fer forgé qu'il avait nappée et disposée avec deux chaises devant la cheminée du grand salon. Il avait acheté chez le traiteur une salade d'artichauts au citron confit délicieuse, apporté quelques bougies et allumé la cheminée.

Nous n'avions pas encore l'électricité et ce repas raffiné que nous partagions à la lueur des flammes nous a familiarisés avec cette immense pièce couverte de poussière. Nous avons terminé la bouteille de champagne et j'ai observé ses yeux qui brillaient de l'alcool bu et de tous les flamboiements qui s'y reflétaient. De la fumée se dégageait de la cheminée qui n'avait pas été ramonée. J'ai été prise d'une quinte de toux et il a jugé préférable de jeter un seau d'eau sur les braises.

Il a soufflé sur les bougies et il est venu s'asseoir à mes pieds. L'obscurité, le silence, le charme de ce dîner improvisé dans les ruines de notre future maison faisaient monter en nous une excitation.

Il a glissé sa main sous ma jupe et il m'a caressée. Il m'a rapidement entraînée vers le sol, m'a allongée sur le parquet et il est venu sur moi. Je sentais la poussière épaisse sous mes jambes et dans mes cheveux, des petits morceaux de plâtre sous mes doigts. J'ai refermé mes bras sur son dos et, les yeux ouverts dans le noir, j'ai fixé le dessous de la table rouillée. La pensée qu'une souris ou une araignée puisse me courir dessus et le contact de la crasse du plancher jugulaient mon plaisir. Il a senti ma retenue et il a ouvert mon chemisier pour m'embrasser les seins. Il savait que je ne pouvais pas résister à ce geste. Il m'a murmuré : « Belle pendaison de crémaillère… »

Les ouvriers

Mais par malheur cet homme avait la barbe bleue.

Nous avons vécu des mois au milieu des échafaudages et des ouvriers qui s'interpellaient d'un étage à l'autre. J'avais vendu mon appartement dont le prix devait nous permettre de financer une partie des travaux et nous avions fait rénover une pièce au premier étage qui nous servait de chambre et de salon. Nous n'avions pas de cuisine et nous réchauffions des plats au micro-ondes ou sur un vieux poêle que B. avait récupéré à la cave. Il avait demandé aux ouvriers de le raccorder à un conduit de cheminée.

Il adorait cuisiner sur ce poêle, il y faisait mijoter des ragoûts pendant des heures. Je redoutais toujours le moment de l'allumage et les exhalaisons nauséabondes du fourneau. Passé ces premiers instants, l'odeur de sa cuisine couvrait les remugles et remplissait l'espace d'effluves familiers.

Il avait pris l'habitude de préparer les repas pour nous deux : j'aimais faire de la pâtisserie mais je n'avais aucun don pour la cuisine. Il s'était adapté à mon régime végétarien.

J'avais depuis toujours éprouvé un profond dégoût pour la chair animale et en ingérer m'était impossible. Nous avions abordé ce sujet dès notre premier dîner et nous avions constaté au fil des mois qu'il était possible de partager des repas quotidiens en ayant une alimentation différente : B. aimait cuisiner la viande, mais il avait appris de nombreuses recettes végétales pour me faire plaisir, il mitonnait des currys de légumes, des gratins de pommes de terre, des lasagnes aux épinards. Il excellait dans les plats qui mijotaient ou cuisaient longuement.

Au mois de février, les travaux battaient leur plein, les ouvriers travaillaient sept jours sur sept pour avancer le gros œuvre. Ils avaient entrepris d'abattre les cloisons du premier étage et avaient posé des bâches sur tous les sols. Dehors il gelait et des courants d'air froid traversaient les fenêtres, qui n'étaient plus étanches, et parcouraient les couloirs.

Un dimanche midi, nous nous étions réfugiés dans l'ancien office situé au rez-de-chaussée pour y déjeuner et nous protéger des températures glaciales et des chutes de gravats. Nous mangions une soupe de légumes en regardant les plans de rénovation pour l'installation de la salle de gym.

Les coups de masse produisaient un son sourd et faisaient vibrer les carreaux des fenêtres, ils étaient suivis du bruit de la chute des morceaux de torchis sur le parquet. Nous avions renoncé à nous parler et laissions le rythme du chantier scander notre repas. Nous percevions cette agitation avec enthousiasme, elle était le signe que les travaux avançaient. B. a regardé dans la marmite.

« J'ai encore préparé une soupe pour une famille nombreuse ! Je pourrais en proposer aux ouvriers, non ? Ils doivent être gelés… »

Il est sorti dans le couloir et a crié :

« Quelqu'un veut manger ? »

Le martèlement a cessé net et un des ouvriers lui a répondu oui. Il a rempli un bol et est monté à l'étage. J'ai attendu un moment, j'ai terminé ma soupe et j'ai fini par m'ennuyer, plongeant peu à peu dans une torpeur assez inhabituelle. J'en ai profité pour aller m'allonger dans notre chambre-salon. J'étais épuisée par mon rythme de travail, j'avais accumulé beaucoup de retard dans les procédures pendant notre déménagement et je travaillais tard pour mettre les dossiers à jour.

Lorsque je me suis réveillée, il faisait sombre, j'avais dû dormir au moins trois heures. La maison était calme. Je me suis demandé si le bruit avait repris après que je m'étais endormie ou si les ouvriers avaient abandonné le chantier.

J'étais étonnée de ne pas avoir été réveillée par le vacarme et j'ai cru que nous étions seuls à l'intérieur du château. Je suis sortie dans le couloir qui était plongé dans la pénombre, je suis redescendue à l'office. La marmite de soupe et nos bols sales étaient toujours posés sur la table. J'ai pensé que B. traînait au milieu des décombres du salon pour vérifier l'avancée des travaux, mais la pièce était vide. Je suis sortie dans le parc, j'ai appelé, le cri d'une chouette a fait écho à mon appel.

Je frissonnais, j'étais sortie sans prendre mon anorak et le vent s'était levé. J'ai regagné le vestibule, mais le souffle glacial s'était infiltré à l'intérieur et je tremblais maintenant. Je n'avais pas mon téléphone, qui avait dû rester dans la poche de ma veste, et je suis remontée à l'étage pour le récupérer.

En passant devant la première chambre, j'ai perçu comme un murmure très faible. La pièce était fermée à clef, comme toutes les autres chambres dont la rénovation était prévue au cours de la dernière tranche du chantier.

J'ai composé le numéro de B., il n'a pas décroché. Je suis ressortie dans le couloir et j'ai appelé à voix haute :

« Tu es là ? Réponds-moi s'il te plaît ! »

Je me sentais oppressée. J'ai regagné ma chambre et j'ai claqué la porte derrière moi. Je me suis assise sur le lit pour me calmer. À ce moment, j'ai entendu une porte s'ouvrir et des voix faibles dans le couloir. Je n'osais plus bouger. Puis, j'ai reconnu le son de la voix de B. et je me suis précipitée hors de la chambre.

J'ai vu de dos un ouvrier qui descendait l'escalier. B. se tenait sur le palier. Je lui ai demandé :

« Mais tu étais où ? Je t'ai appelé plusieurs fois, tu ne répondais pas, j'ai eu très peur !

– Il ne fallait pas, je regardais les plans avec le chef de chantier.

– Depuis le début de l'après-midi ? Tu étais dans une chambre avec lui ? »

Il a répondu calmement que Graciano et lui n'avaient pas vu le temps passer et qu'ils avaient établi le planning pour les semaines à venir. J'ai observé qu'il avait des rougeurs sur les joues et dans le cou. Je lui en ai fait la remarque, il s'est frotté avec la paume de sa main et m'a rétorqué vivement :

« Ah oui ça c'est le froid, il fait un froid aujourd'hui !

– Tu n'as pas de rougeurs d'habitude… Tu aurais pu te couvrir, tu es en tee-shirt, tu as laissé ta veste dans la cuisine à midi ! »

Le lundi matin, je suis allée observer les ouvriers sur le chantier. Celui qui s'appelait Graciano ne se comportait pas comme le chef de chantier, il travaillait avec les autres. Il me semblait plutôt discret et taciturne. Je me suis approchée de lui et lui ai demandé s'ils avaient planifié les travaux avec mon mari. Il n'a pas compris ma question. J'ai répété ma phrase et j'ai constaté qu'il saisissait mal le sens de certains mots. Il écarquillait les yeux en me fixant et j'ai remarqué leur couleur vert clair que faisait ressortir sa peau mate. Le type n'était pas beau, mais il avait les traits fins et un visage affûté qui contrastait avec ses mains épaisses. Ses sourcils étaient étrangement bien dessinés.

Je l'ai senti mal à l'aise devant ses collègues, je n'ai pas insisté. Après tout, je ne gérais pas le chantier, j'ai cessé de m'interroger sur cet incident, mais j'ai conservé quelque temps une appréhension en passant devant la première chambre.

Les cheveux blonds

Une de ses voisines, dame de qualité, avait deux filles parfaitement belles.

À l'âge de trois ou quatre ans j'avais les cheveux blonds, bouclés. En regardant des photos de moi enfant, j'ai remarqué que mes cheveux avaient foncé vers neuf ou dix ans.

À l'époque on disait : « Elle est châtain clair maintenant. »

Ma mère était blonde ; dans son enfance, dont elle avait peu de photos, elle disait qu'elle avait eu les cheveux « blonds presque blancs ». Elle ne les aimait pas, les trouvait trop fins, sans volume, et les avait toujours permanentés.

Elle avait rencontré mon père juste après la Libération, dans l'échoppe de cordonnier où il travaillait comme apprenti. Son maître d'apprentissage, lorsqu'il la voyait arriver, disait : « Tiens, voilà la grande blonde ! »

Ils s'étaient mariés et il l'appelait toujours : « Ma blonde. »

Mon père était brun quand je suis née. Quelques années plus tard ses cheveux sont devenus poivre et sel puis gris.

Il avait été très fier de ses cheveux bruns ondulés, dont d'après ma mère il prenait grand soin. Il allait souvent chez le coiffeur, il les gominait. À vingt ans, il avait été zazou. Il n'avait fait partie d'aucun mouvement, il avait été zazou tout seul, dans son coin, avec quelques années de retard sur la mode, parce que la coiffure frisottée des zazous lui allait bien, que les grandes vestes à carreaux couvraient son corps décharné par le STO.

Ma sœur était brune, sur la photo du salon, sa coupe était courte, ses cheveux raides, épais.

De châtain clair, mes cheveux sont devenus châtain foncé.

À l'adolescence, la coiffeuse m'a conseillé de faire des mèches plus claires pour illuminer ma chevelure, donner un peu de relief à mes cheveux qui ne bouclaient plus et que je trouvais trop plats.

De quelques mèches, je suis passée au balayage, puis au balayage intégral que proposaient les salons dans les années quatre-vingt.

Je suis redevenue blonde. À seize ans, j'étais platine. J'ai testé le blond vénitien, le blond cendré, le blond californien.

À peine mes racines foncées apparaissaient-elles que je filais chez le coiffeur. J'observais leur disparition sous l'effet de la crème blanchâtre et glacée que la patronne du salon étalait au pinceau sur mon cuir chevelu. J'avais appris à serrer les dents pour ne pas pleurer à cause des vapeurs d'ammoniaque et de la sensation de brûlure du décolorant qui attaquait la peau de mon crâne.

La blondeur me définissait.

Un jour le téléphone avait sonné dans la maison d'Orsay, je devais être dans ma période platine. C'était une ancienne voisine de l'appartement parisien. Elle avait bien connu ma sœur et ne m'avait pas revue depuis que nous avions déménagé. Elle voulait prendre des nouvelles de ma mère et m'avait fait la conversation quelques instants.

« Alors toi maintenant, tu dois être une belle jeune fille ? Tu es blonde, comme ta sœur ? »

Sa question était venue bouleverser mes certitudes, j'avais réagi très vivement.

« Ma sœur n'était pas blonde ! »

Elle avait affirmé sur un ton péremptoire :

« Bien sûr que si, ta sœur était blonde ! »

La fermeté de sa réponse m'avait laissée sans voix. J'avais interrompu la communication, éprouvant un malaise indéfinissable, et elle s'était plainte auprès de ma mère qui ne comprenait pas pourquoi j'avais raccroché au nez de cette gentille vieille dame.

Je percevais un vrai désarroi en repensant à cette conversation téléphonique : comment pouvais-je soutenir que ma sœur était brune alors que je ne l'avais jamais vue en vrai ?

Les portes ouvertes

Elles montèrent ensuite aux garde-meubles, où elles ne pouvaient assez admirer le nombre et la beauté des tapisseries, des lits, des sophas, des cabinets, des guéridons, des tables et des miroirs où l'on se voyait depuis les pieds jusqu'à la tête et dont les bordures, les unes de glaces, les autres d'argent et de vermeil doré, étaient les plus belles et les plus magnifiques qu'on eût jamais vues.

« Il va falloir ouvrir, je t'assure, on perd du temps, le mois de septembre c'est idéal, il ne faut pas louper la rentrée ! »

B. me tannait depuis des semaines pour que nous commencions nos activités professionnelles au château et je freinais des quatre fers.

Je lui rappelais que nous devions au préalable obtenir toutes les attestations de conformité et il fallait aussi que la commission de sécurité effectue une visite des lieux. Je comprenais bien l'urgence de la situation, les mensualités lourdes du crédit qu'il faudrait assumer pendant plusieurs mois sans qu'aucun chiffre d'affaires ne rentre, mais ma prudence et mon sens de la légalité m'arrêtaient.

« Les travaux ne sont même pas terminés ! D'accord il ne reste que des finitions, mais il y a des outils, des échelles qui traînent, si un client a un accident, tu imagines bien que notre responsabilité sera engagée. »

Il m'a répondu qu'il fallait savoir vivre dangereusement, si on devait toujours se conformer à la loi, on ne ferait jamais rien ! Il était tellement sûr de lui que j'ai fini, comme d'habitude, par céder à la pression et j'ai accepté qu'il ouvre son centre sportif. Pour mon cabinet, je devais respecter les règles et attendre l'accord des commissions. Il a pris la décision de commander des affiches à placarder dans toute la ville pour annoncer les journées « portes ouvertes d'un nouveau centre de remise en forme dans le cadre prestigieux du château ».

Cette opération a été une vraie réussite commerciale. Nous avions passé plusieurs jours à effacer les traces du chantier, les ouvriers achèveraient les travaux plus tard. Finalement, ce manque de finition donnait aux lieux une patine. Les pans de murs sur lesquels manquait encore une couche de peinture semblaient avoir subi l'usure du temps et mettaient en valeur les cheminées Louis XV de marbre blanc et les parquets de chêne que nous avions pu faire restaurer.

Une fois vidés des échafaudages et de l'outillage qui traînaient, les différents espaces paraissaient immenses. Nous avions meublé les pièces pour rendre l'endroit accueillant, à l'exception du grand salon du rez-de-chaussée ouvrant sur la terrasse par trois portes-fenêtres, qui deviendrait la salle des cours de Pilates et de yoga, et devait rester vide de mobilier. Nous avions trouvé une commode-tombeau dans une brocante et l'avions placée dans l'entrée afin d'y disposer les brochures sur les activités sportives proposées, le planning des cours et quelques fleurs. J'avais installé deux gros fauteuils de velours bleu et une table basse avec des Thermos de thé et de jolies tasses dans un espace jouxtant l'entrée où nous avions prévu d'accompagner les clients afin de leur faire signer les contrats.

B. voulait, en effet, que je lui donne un coup de main pour accueillir le public. Nous n'imaginions pas rencontrer un tel succès. La météo très ensoleillée de ce week-end de septembre avait poussé les curieux à venir visiter le château qui les avait toujours intrigués. Il avait appartenu à une famille de riches Parisiens qui y passait ses fins de semaine et n'avait jamais été ouvert au public. Hormis quelques habitants de notre ville qui y avaient travaillé au service ou au jardinage, et ceux qui y avaient effectué des livraisons, personne n'était jamais entré dans la propriété. Le château était resté inoccupé pendant des années après le décès de la dernière héritière de la famille, le temps de retrouver ses lointains cousins et de procéder à la vente.

Les gens se sont extasiés : « Il paraît que c'était une ruine, c'est vraiment bien ce que vous avez fait, c'est courageux de votre part de vous être lancés dans la restauration d'un bâtiment historique ! » Le sens du commerce de B. a achevé de les convaincre de venir pratiquer le yoga dans notre grand salon ou de faire une séance de cardio-training dans les anciennes chambres du rez-de-chaussée occupées par des vélos, des rameurs et des tapis de course.

Nous avons dépassé nos ambitions : nous avons vendu une cinquantaine d'abonnements au cours du week-end. Le grand parc qui entourait le château et qui avait retrouvé sa splendeur enthousiasmait : « Quel endroit incroyable, on est au cœur de la nature, ça change tellement de toutes ces salles de sport qui ressemblent à des hangars dans lesquelles on ne voit même pas le jour ! »

Seule une grande femme brune très bavarde a émis une critique sur les lieux.

« Je passe souvent sur la route près d'ici, on ne voit pas le château et on se demande où mène cette allée qui descend depuis la grande route. C'est un peu angoissant quand on ne connaît pas ! »

Et elle a ajouté en s'adressant à moi :

« Et vous, vous n'avez pas peur ? La nuit, toute seule ici, vous imaginez, pour peu qu'il y ait de l'orage ! »

B. est intervenu en souriant :

« Allez, allez, on ne risque absolument rien ici, tout est sous alarme ! »

La femme qui me regardait toujours avec un air désolé a poussé un grand soupir :

« Eh ben, vous pensez ! Dans une propriété aussi isolée, une alarme pourrait hurler toute la nuit, personne ne l'entendrait ! » Elle est finalement repartie avec une documentation sur les activités sportives et m'a souhaité bon courage.

B. était euphorique à l'idée de donner son premier cours de Pilates dès le lundi matin. J'étais épuisée par toutes ces journées de ménage, d'installation et de marketing qui m'avaient demandé une énergie dont je ne me pensais pas capable. J'allais me reposer quelques jours dans notre chambre-salon pendant que B. recevrait ses premiers clients.

Le centre

Étant arrivée à la porte du cabinet, elle s'y arrêta quelque temps, songeant à la défense que son mari lui avait faite…

J'entendais la porte d'entrée s'ouvrir et se fermer, la respiration des clients qui pédalaient sur les vélos, je ressentais les vibrations du tapis de course. De ma chambre du premier étage, je ne pouvais pas voir la clientèle entrer, mais je pouvais suivre l'activité par les bruits et les sons qui montaient par le grand escalier.

Les travaux de cet étage n'avaient pas été terminés afin de privilégier l'avancement de ceux des espaces professionnels et nos appartements étaient encore en chantier. J'avais entassé les seaux d'enduit et les pots de peinture dans ce qui deviendrait notre salle de bains pour dégager le salon et la chambre. Nous campions en attendant de pouvoir installer nos meubles sans risque qu'ils soient endommagés : j'avais installé une table pliante pour me servir de bureau lorsque je voulais étudier des dossiers chez nous, recouvert notre canapé d'une vieille couverture. Nous dormions dans un vieux lit en cent vingt qui nous semblait un peu étroit. L'installation électrique n'était pas terminée et nous nous éclairions avec des lampes à pétrole que nous avions récupérées dans le grenier.

Je trouvais beaucoup de charme à cette nouvelle vie, nous dînions dans la pénombre, dormions enlacés dans notre petit lit et B. m'apportait chaque matin le petit déjeuner au lit : il me préparait un jus d'orange, un thé et des tartines à la confiture dans l'office et les montait sur un plateau en argent qu'il avait exhumé d'un vaisselier et fait briller. Il y ajoutait une petite fleur des champs dans un verre et venait m'embrasser avant de redescendre travailler.

Cette douceur n'était altérée que par le froid qui régnait dans notre appartement – nous n'avions pas encore de chauffage. Nous n'avions pas de salle de bains non plus et devions nous doucher dans les vestiaires quand B. ne recevait pas de clients. Il fallait vérifier qu'aucun visiteur n'y traînait avant de descendre avec nos brosses à dents et nos serviettes de toilettes, et j'avais pris l'habitude de guetter les bruits de l'eau qui coulait et des portes qui se refermaient.

Aux premiers inscrits lors des portes ouvertes avait succédé une nouvelle clientèle, le bouche-à-oreille fonctionnait. B. était un bon coach, toujours d'humeur égale, souriant, à l'écoute des clients, il savait les motiver, leur donner confiance.

Un chef d'entreprise qui avait souscrit un abonnement lors des portes ouvertes lui avait adressé un de ses amis qui souhaitait prendre des cours particuliers. B. était très satisfait, car les coachings individuels se vendaient plus cher que les cours collectifs et il avait encore beaucoup de créneaux horaires vacants.

Il m'avait expliqué que le type avait la quarantaine, qu'il avait créé une entreprise dans l'agro-alimentaire, qu'il travaillait beaucoup et n'avait plus pratiqué d'activité sportive depuis des années. Il voulait se remuscler, mais

B. avait ajouté : « Enfin, il a quand même de beaux restes ! »

Il venait suivre sa séance tous les jeudis midi et faisait une demi-heure de cardio-training et une demi-heure de musculation. B. m'avait parlé de lui pendant un de nos dîners à la lueur des bougies. Je l'avais senti fasciné par la réussite professionnelle du type, qui n'avait pas fait d'études et se trouvait maintenant à la tête d'une boîte de plus de cent salariés, qui roulait en Porsche et faisait tailler ses chemises sur mesure.

Il avait commencé son travail de coaching depuis trois semaines quand il m'a annoncé, un mercredi soir en se mettant au lit, qu'il irait dîner avec ce client le lendemain.

Je me suis étonnée :

« Dîner, pourquoi pas déjeuner simplement ? »

B. m'a répondu du tac au tac :

« Il prend déjà son jeudi midi pour la séance de sport, il n'a pas de temps dans la journée, il travaille énormément !

– Vous allez dîner tous les deux ?

– Oui, on va dîner tous les deux ! »

Cette histoire de dîner me paraissait curieuse, alors que B. ne connaissait ce client que depuis quelques semaines. À présent, je me laissais gagner par un mauvais pressentiment.

Il s'est retourné dans le lit, a rabattu la couverture sur son visage et j'ai senti monter un sentiment d'angoisse à l'idée de ce dîner en tête à tête avec ce type dont il me parlait avec admiration.

« Il sait que tu es marié ? »

B. a marmonné quelque chose d'incompréhensible que j'ai interprété comme un oui.

J'ai très mal dormi et, le lendemain midi, j'ai guetté l'arrivée du type qui venait à son entraînement. Je ne voulais pas faire intrusion dans les rendez-vous professionnels de B. et je restais à ma place au premier étage. Il m'était impossible de descendre l'escalier pour voir la tête du fameux Cyrille, ni même d'ouvrir la porte de nos appartements pour tenter d'entendre sa voix, B. aurait reconnu son léger grincement. Je suis donc restée assise à ma table pliante à tenter de me concentrer sur une revue juridique tout en écoutant les sons qui montaient du rez-de-chaussée.

J'ai entendu la porte s'ouvrir et se refermer vers douze heures quinze. Le type a dû passer se changer au vestiaire et j'ai ressenti la vibration de sa course rapide sur le tapis et le ronronnement du moteur qui accompagnait ses pas. J'avais l'impression d'entendre son souffle et j'ai abandonné l'idée de lire ma revue. J'ai entendu le tintement des haltères métalliques et j'ai su qu'il passait aux exercices de musculation. Plusieurs fois, le parquet a vibré alors qu'il reposait lourdement la barre chargée de poids, provoquant une sorte d'onde qui remontait jusqu'à mon salon. Des rires assez forts me sont parvenus alors que l'heure de cours était presque expirée. Je me suis rapprochée de notre entrée et j'ai collé mon oreille contre la porte.

J'ai entendu la salle de douche s'ouvrir et l'eau couler. J'ai attendu dans le silence pour surveiller son départ. Tant que ce type était là, je n'étais pas tranquille, je voulais m'assurer qu'il quitte les lieux. B. n'avait pas d'autre cours après et je savais que j'allais l'entendre ouvrir la porte pour aller déjeuner à l'office.

Après un quart d'heure de surveillance, j'entendais toujours le bruit de l'eau. J'ai ouvert la porte très doucement, millimètre par millimètre, sans qu'elle émette le moindre couinement. J'ai marché pieds nus sur le palier. Je n'étais pas à l'abri d'un grincement de l'escalier en bois, mais j'ai réussi à atteindre le palier du rez-de-chaussée sans produire le moindre son. Je respirais doucement, autant pour me calmer que pour ne pas faire de bruit. J'ai traversé la salle de cardio-training sur la pointe des pieds. Le sol avait été refait à neuf. Je me suis approchée des vestiaires où j'entendais toujours l'eau couler.

Je me suis immobilisée devant la porte fermée et j'ai distinctement perçu des soupirs mêlés au bruissement de l'eau. Je savais que je pouvais pousser la porte et entrer, elle ne comportait pas de serrure. Je crois que j'ai hésité quelques secondes, puis j'ai saisi la poignée et ouvert la porte en grand.

Je me trouvais face à la première douche dont la paroi vitrée était ouverte et dans laquelle avaient été jetés des vêtements de sport en boule. J'ai aperçu B. à genoux à travers la porte embuée de la deuxième douche, située plus au fond. Le type était debout appuyé sur la paroi, les yeux fermés, B. agenouillé à ses pieds, l'eau coulait sur eux, éclaboussait le verre, la vapeur avait envahi la pièce et ruisselait sur les miroirs. Ils avaient balancé leurs baskets près de l'entrée et l'odeur de leur transpiration est montée jusqu'à moi dans le nuage de vapeur d'eau. Je suis restée sur le seuil les yeux écarquillés à fixer la nuque de B. qui allait et venait, emprisonnée dans les mains larges qui la guidaient.

Le Cif

Elle eut beau la laver et même la frotter avec du sablon, il y demeura toujours du sang, car la clef était Fée.

Je suis retournée dans le vestiaire des hommes après le départ de B. pour son dîner. Personne n'avait dû y pénétrer.

Les vestiaires des hommes étaient bien moins utilisés que ceux des femmes, la clientèle féminine étant plus nombreuse dans les cours de yoga et de Pilates. La pièce qui leur était dédiée était plus exiguë que celle des femmes, l'odeur un peu rance de la transpiration persistait et m'a sautée au nez. La buée avait formé des coulures sur les miroirs au-dessus des lavabos et avait dégouliné sur les carreaux de la fenêtre.

Je l'ai ouverte en grand et j'ai pris une profonde respiration. J'ai entrebâillé la paroi de verre de la première douche qui avait contenu leurs vêtements emmêlés pour l'aérer. J'ai ouvert la porte de la deuxième douche. Le flexible et le pommeau gisaient au sol. Je me suis penchée pour les raccrocher sur le support et j'ai vu que le bac était parsemé de poils noirs qui s'étaient aussi accumulés dans la grille du siphon.

Je me suis rendue à l'office et j'ai attrapé le Cif, le produit à vitres, un chiffon et une éponge, et je suis retournée dans le vestiaire. La nuit tombait et le froid avait gagné la pièce, j'ai refermé la fenêtre. J'ai vaporisé les miroirs et essuyé les coulures. Tant que j'avais le produit en main, j'ai fait les vitres, à l'intérieur, et, apercevant quelques traces, à l'extérieur. Puis, je me suis attaquée aux douches, commençant par la paroi de la première avec mon produit à vitres. Je suis redescendue chercher des chiffons secs afin de nettoyer la deuxième, la plus sale.

Je me suis rendu compte que la porte était maculée de gel douche séché et que mon torchon ne suffirait pas à l'ôter, j'ai dû faire couler l'eau abondamment pour le diluer et tamponner avec l'éponge, puis presser fortement sur les traces pour les effacer. En la rinçant avec la douchette, je me suis complètement éclaboussée, mon chemisier et mon pantalon étaient trempés. Je devais m'attaquer au nettoyage du bac, j'ai enlevé mes escarpins et je me suis mise en slip et soutien-gorge, et me suis agenouillée. J'ai raclé à l'éponge les poils qui maculaient l'émail et suis allée récupérer avec les doigts ceux qui étaient coincés dans la grille. J'en avais plein les mains. J'ai essayé de les enfoncer dans le siphon, mais ils remontaient et venaient se recoller sur le receveur. Je les ai tous ramassés, en ai formé une boule et suis allée la jeter dans les WC au fond de la pièce. J'ai dû tirer la chasse plusieurs fois avant qu'elle soit engloutie.

Je suis revenue me mettre à quatre pattes dans le bac que j'ai aspergé de Cif et j'ai frotté le fond, les rebords, je suis remontée sur le carrelage des parois. J'ai effectué des cercles, des mouvements de bas en haut, des gestes latéraux avec mon éponge ; je la retournais sur sa face grattante pour récurer quand je percevais une aspérité, puis la replaçais sur le côté doux pour absorber le produit que je rinçais. J'ai astiqué le robinet dans tous ses recoins. J'ai fini par asperger la faïence des murs jusqu'en haut, en brandissant le pommeau au bout de mon bras, l'eau ruisselait le long des cloisons. Puis, j'ai coupé l'eau et j'ai séché les revêtements avec un chiffon propre.

J'ai pris un peu de recul pour observer mon travail. En tournant la tête, je me suis aperçue dans un miroir. Mes cheveux étaient trempés, mon slip mouillé était devenu transparent, j'avais des gouttelettes jaunes de Cif sur le visage et sur les bras. J'ai observé le carrelage de près et j'ai remarqué que quelques traces subsistaient. J'ai décidé de réitérer l'opération : j'ai de nouveau arrosé toute la cabine, agité ma bouteille de détergent pour en répandre sur le fond et les cloisons, j'ai frotté avec mon éponge, puis rincé, séché.

J'ai fait quelques pas en arrière, cette fois la douche était immaculée. Je me suis assise sur le sol carrelé, j'ai posé l'éponge, la bouteille en plastique et me suis essuyée avec un chiffon sec. Les petites gouttes de Cif me faisaient l'effet d'un gommage sur la peau des bras et j'ai vu que le produit avait attaqué mon vernis à ongles rouge qui était complètement écaillé.

J'ai rassemblé les ustensiles de ménage, mes vêtements et j'ai jeté un dernier coup d'œil aux vestiaires des hommes avant de refermer la porte. La puissante odeur de citron du produit détergent avait envahi la pièce.

L'oiseau

La Barbe-Bleue revint de son voyage dès le soir même.

Je suis remontée dans notre chambre et la soirée m'a semblé interminable. Je me suis couchée à minuit, B. n'était pas rentré. Il a monté l'escalier à pas de loup vers deux heures.

Lorsqu'il a pressé la poignée de la porte, je me suis redressée dans le lit et je l'ai fixé du regard.

Il a compris immédiatement que je savais.

« Je veux le rencontrer !

– Le rencontrer ? Pour quoi faire ? »

J'ai remarqué à sa peau luisante et à son regard vague qu'il avait bu. Depuis quelques mois, il ne se passait plus d'apéritif chaque soir, un ou deux kirs en général, et il consommait du vin à chaque repas. Les bouteilles vides s'entassaient dans le vieux cellier. Il avait dû boire un alcool fort ce soir-là, je l'ai senti quand il s'est approché de moi. Il tenait à peine debout et m'a répété :

« Et tu veux le voir pour quoi faire ? Tu es déjà au courant de tout, non ?

– Je voudrais lui parler. Il sait que tu es marié ?

– Mais oui, il le sait, il t'a vue ! »

Je me demandais à quelle occasion il m'avait aperçue. Je ne l'avais jamais croisé. Avait-il ouvert les yeux sous la douche, m'avait-il entrevue à travers la vitre embuée ?

« Et alors, il en pense quoi que tu sois marié ? Ça ne le dérange pas ? »

B. s'est assis sur le lit, a pris sa tête entre ses mains et a marmonné :

« Il s'en fout, il a l'habitude de se taper des hétéros, alors... »

Je voyais qu'il n'était pas en état de discuter, qu'il allait me faire mal, mais j'ai senti monter en moi une détermination inconnue.

J'ai continué :

« Ah oui, il n'a pas que toi alors ?

– Mais qu'est-ce que ça peut te faire ? Le problème, c'est pas lui, c'est moi !

– Quel problème ? Je ne comprends pas. On est mariés. Tu es marié avec moi !

– Et alors ? Qu'est-ce qu'on peut y faire si je suis attiré par les garçons ! »

Il avait employé cette expression insupportable. « Les garçons. » Celle-là même qu'il employait en parlant d'un monde dans lequel je ne figurais pas : *Un beau garçon. Un truc de garçon.* Je l'ai laissée résonner en moi. J'ai senti monter une détermination invraisemblable.

J'ai crié :

« Je veux le voir, je veux lui parler, je veux qu'il sache que j'existe. C'est trop facile d'aimer les hétéros, j'existe moi, merde ! »

Il s'est laissé glisser en position fœtale sur le lit. Mes oreilles bourdonnaient de l'intensité de la dernière phrase que j'avais criée. Je suis restée immobile dans le silence. Mon regard parcourait sans les voir les meubles et les objets autour de nous et revenait se poser sur le corps de B. Je l'ai entendu ronfler.

J'étais trop énervée pour me coucher. Je suis sortie dans le couloir pour rejoindre l'office et boire un verre d'eau. Je détestais me déplacer seule la nuit dans le château, juste éclairée par mon téléphone. J'ai perçu comme un bruissement dans la pièce au bout du couloir, celle dans laquelle j'avais entendu des chuchotis quelques mois plus tôt. Je me suis immobilisée devant la porte, à l'affût.

Cette espèce de frémissement s'est répété, de plus en plus fort, suivi de plusieurs coups. La colère ne m'avait pas quittée, elle surpassait ma peur et il n'était pas question de regagner la chambre et de me réfugier sous les draps à côté de B. qui devait dormir à poings fermés. Je voulais comprendre quel était ce bruit.

J'ai attrapé la poignée et poussé la porte de toutes mes forces, elle a rebondi contre le mur et m'a heurté le bras, me provoquant une vive douleur au poignet.

Un oiseau gisait au milieu de la pièce vide.

L'évanescence

D'abord elle ne vit rien, parce que les fenêtres étaient fermées ; après quelques moments elle commença à voir que le plancher était tout couvert de sang caillé, et que dans ce sang se miraient les corps de plusieurs femmes mortes et attachées le long des murs.

Il y avait la salle de classe et il y avait l'évanescence. Le bois creusé de graffitis de mon bureau que je parcourais du doigt, la voix de la maîtresse, le rayon de soleil oblique qui frappait le côté gauche de mon visage. Et puis mon doigt ne sentait plus l'écorchure de l'écorce, le son de la voix s'éloignait, la lumière pâlissait. L'instant s'évaporait pour se fondre dans l'immensité du temps où mon corps flottait.

Je n'étais plus reliée à aucune réalité. L'espace même se diluait. J'écarquillais les yeux, je fixais intensément la date du jour sur le tableau, je pressais la pulpe de mes doigts contre le bois déchiré du bureau jusqu'à sentir les échardes me lacérer la peau, je me mordais l'intérieur de la bouche.

J'avais toujours habilement dissimulé mes disparitions. Je m'asseyais au plus près de la porte de la salle de classe pour pouvoir m'échapper sans me faire remarquer, au bout de la rangée au cinéma, près de la sortie dans les amphithéâtres, à la fac. L'évaporation pouvait me surprendre dans tous les instants, même joyeux.

Un matin de pluie, je travaillais dans mon bureau au sein du premier cabinet d'avocats parisien que j'avais intégré pour un stage de trois mois. J'avais vingt-deux ans, je devais passer mon diplôme d'avocat à la fin de l'année. J'avais entrepris la lecture d'un gros dossier pénal médiatique. Les collaborateurs du cabinet étaient de jeunes pénalistes brillants qui me laissaient accéder à leurs affaires, même les plus importantes. J'étais captivée par l'interrogatoire d'un célèbre tueur en série de l'époque, quand j'ai été aveuglée par la lumière de ma lampe de bureau.

Je l'avais allumée à mon arrivée à neuf heures, j'ai tendu le bras gauche pour chercher l'interrupteur. En tournant la tête, je me suis rendu compte que je ne voyais plus ma main gauche. Un éclair avait envahi mon champ de vision de ce côté et m'empêchait de voir. Je me suis frottée les yeux fortement avec les deux index, les ai rouverts, mais le scintillement était toujours là. Je me suis levée et suis allée me regarder dans le miroir au-dessus de la cheminée. Mon œil gauche avait une apparence normale, mais la lumière qui en émanait semblait se refléter dans la glace et me dissimulait le côté gauche de ma tête. Mon cœur s'est mis à cogner dans ma poitrine, j'ai senti la sueur perler sur mon front.

Je me suis assise à mon bureau et j'ai fermé les yeux. Même les yeux fermés, la lumière clignotante était là. J'ai pensé que j'avais toujours bien dissimulé mon inconsistance, mais que maintenant c'était le monde qui allait disparaître. Mon univers était en train de se dissoudre et la moitié de mon visage s'était effacée. Ce terrible phénomène était sans doute l'aboutissement final de mes évaporations. Je ne pouvais pas appeler au secours, j'aurais dû me trahir, révéler mon secret, expliquer que depuis mon enfance je camouflais mes évanouissements, que des manifestations bizarres se produisaient et me faisaient douter de mon existence.

Ce jour-là, j'ai pensé que la fuite serait mon seul salut. J'ai refermé le dossier pénal sur mon bureau, ramassé mes quelques affaires à tâtons et dans la précipitation : stylos, notes éparpillées, mouchoir, sac à main. J'ai enfilé mon imperméable et me suis dirigée vers la porte de mon bureau que j'apercevais à travers un halo lumineux. J'ai plissé les yeux en me concentrant sur mon point d'arrivée et en soulevant mes pieds pour éviter de trébucher. Je suis parvenue à saisir la poignée après plusieurs tentatives. Je tremblais beaucoup et je me demandais ce que j'allais pouvoir raconter à la secrétaire de l'accueil pour expliquer que je sortais du cabinet de bon matin. La première excuse qui m'est venue était :

« Maître F. m'a demandé de faire une recherche, je pars à la bibliothèque. »

Elle a levé la tête et m'a regardée, interloquée : « Tu es toute pâle, tu es sûre que ça va ? »

J'étais tournée vers la porte, j'ai réussi à saisir la poignée et suis sortie sans répondre. Je voulais me réfugier chez moi au plus vite, m'isoler, que personne n'assiste à ma décomposition. Mais pour cela il fallait encore que je prenne l'ascenseur, que je marche sur le trottoir jusqu'au métro, que j'emprunte la ligne jusqu'à la station Port-Royal pour prendre le RER et rentrer chez moi, en banlieue. Tout cela sans tomber, sans me cogner et sans que les personnes que je croise se rendent compte de mon état.

Je ne sais pas comment j'ai pu atteindre ma destination sans encombre avec un champ de vision aussi restreint, toujours aveuglée par la lumière qui clignotait dans mon œil gauche. Je me suis écroulée sur mon lit avec mon imperméable trempé et me suis endormie. Quand j'ai rouvert les yeux, l'éclair avait disparu et j'avais un mal de crâne terrible.

J'ai avalé une aspirine et j'ai décidé de reprendre le RER, de retourner au cabinet comme si de rien n'était. Le patron n'était pas très exigeant avec les stagiaires, personne ne s'était aperçu de ma disparition momentanée.

Le week-end suivant, j'ai entrepris des recherches dans mon encyclopédie médicale. Quelqu'un avait-il déjà souffert d'un aveuglement momentané ? J'ai lu que ce symptôme pouvait révéler un décollement de la rétine, une forme de migraine mais aussi un AVC. Je ne pouvais pas prendre le risque de mourir brutalement pour n'avoir pas consulté après ces troubles étranges.

Mon médecin, qui n'avait pas l'air très inquiet lorsque je lui ai décrit mon malaise, a décidé de me faire passer quelques examens qui n'ont révélé aucune pathologie sérieuse. Il m'a reçu pour me lire le résultat de ceux-ci et m'a expliqué : « Vous avez eu une migraine ophtalmique. Vous avez habituellement des crises de migraine assez fortes avec des nausées, des maux de tête assez intenses. Là, votre crise a été précédée de ce qu'on appelle une aura. C'est un phénomène neurologique qui précède la céphalée. Dans votre cas, vous avez eu des troubles visuels, mais vous auriez pu également avoir des troubles de la parole ou sensitifs. Vous savez, on décrit très bien cela dans la littérature médicale : le sujet voit des taches lumineuses qu'il décrit parfois comme des éclairs. Ces signes sont appelés des "scotomes scintillants". C'est impressionnant, mais sans gravité particulière. Le mieux, si cela vous arrive de nouveau, est de prendre immédiatement l'anti-inflammatoire que je vais vous prescrire et de vous allonger en attendant que cela passe. »

Je me gardai bien de lui dire qu'au lieu de me reposer ou d'appeler au secours au moment de la crise, j'avais couru dans les rues pour dissimuler aux autres ma propre disparition. Disparaître pour disparaître en quelque sorte. Il m'aurait envoyée voir un psy.

Les garçons

La clef du cabinet qu'elle venait de retirer de la serrure lui tomba de la main.

« Je suis la femme de B.

– Pardon ?

– Vous avez très bien entendu ! »

Il est resté silencieux au bout du fil, sans doute surpris. J'ai entendu un bruit de porte qui se refermait puis il a soupiré :

« Qu'est-ce que vous voulez ?

– Vous parler.

– Dites-moi…

– Je veux vous voir. »

J'ai senti qu'il n'opposait pas de résistance. Après un bref silence, il m'a proposé de fixer un rendez-vous dans un café à proximité de son lieu de travail. Je n'ai pas compris s'il cédait aussi facilement à ma demande par lassitude ou dans un intérêt quelconque, mais j'avais obtenu ce que je voulais. Et très simplement : juste en cherchant son numéro dans le fichier client et en lui passant un coup de fil.

Nous avions rendez-vous dès le lendemain et je n'avais aucune idée de ce que j'allais lui dire. Une curiosité folle me poussait à le voir, de près, à le questionner sur sa relation avec B., sur ses intentions et je voulais surtout qu'il me voie, moi.

J'appréhendais la soirée et je me demandais s'il aurait prévenu B. de notre rendez-vous. Je fouillais dans un carton de vêtements pas encore déballé à la recherche d'un chemisier qui me mettrait en valeur pour cette entrevue, quand il est arrivé derrière moi.

« Tu cherches quoi ?

– Le chemisier que je portais pour notre anniversaire l'année dernière, tu t'en souviens ?

– Le rouge, très bien... Il est super décolleté, non ? Tu veux le mettre pour un rendez-vous professionnel ? »

J'ai éludé sa question. Le lendemain, je me suis levée tôt pour me laver les cheveux et me faire un brushing, prendre le temps de me maquiller. Je suis sortie vers dix heures et j'ai croisé B. qui patientait entre deux clients. Il a aperçu le chemisier rouge qui dépassait du col de mon manteau noir et s'est étonné de me voir sortir dans cette tenue :

« Tu es hyper chic, tu as un rendez-vous ? »

J'ai claqué la porte en criant que je devais faire des démarches urgentes au palais.

Je me suis garée devant la brasserie où nous avions rendez-vous. J'étais en avance d'un quart d'heure et je suis restée à observer s'il arrivait. Le froid était assez vif et j'ai laissé tourner le moteur. À l'heure exacte, j'ai vu le type entrer dans le café, il marchait vite et son pardessus volait derrière lui. Il a jeté un regard aux tables en vitrine et s'est assis près de la porte. J'ai entrouvert ma portière en le regardant et j'ai vu qu'il me reconnaissait, il s'est levé pour m'ouvrir et m'a serré la main.

La table était étroite et nous nous sommes assis l'un en face de l'autre, nos mains auraient pu se toucher. J'ai remonté le col de mon manteau.

« Vous avez froid ou je vous fais peur ? »

Il posait sur moi un regard fixe et a souri en découvrant ses dents. Il était arrogant, c'est le premier mot qui m'est venu à l'esprit. Je devais reprendre le dessus.

« Ni froid ni peur ! Je devrais ? »

Il s'est esclaffé :

« Mon Dieu, non ! Pourquoi ? »

Il a saisi le collier qui pendait à son cou et l'a recentré, c'était un pendentif Trinity trois ors de Cartier. J'avais du mal à détacher mon regard de ce bijou.

J'ai murmuré :

« C'est un pendentif Trinity... Trois c'est toujours un de trop ! »

Il a eu l'air agacé.

« Je pense que vous n'êtes pas venue jusqu'ici pour me parler de mes bijoux ? Écoutez, j'ai accepté de vous rencontrer, je n'étais pas obligé, je n'ai de comptes à rendre à personne et je n'ai pas beaucoup de temps...

– Alors, je vais être claire avec vous. Je connais mon mari. Il m'aime. Je ne sais pas ce que vous voulez, mais fichez-nous la paix, laissez-nous tranquilles ! »

J'avais crié ces derniers mots. J'ai jeté un regard autour de nous et j'ai eu l'impression que les conversations s'étaient arrêtées et qu'on nous observait.

Il est resté silencieux quelques instants, a baissé la tête, s'est à nouveau saisi de son anneau et l'a gardé entre ses doigts. J'avais commandé un thé, je me suis brûlée en voulant avaler une gorgée pour me donner une contenance.

« Écoutez, a-t-il fini par dire, je n'ai forcé personne. Votre mari était consentant et c'est à lui que vous devriez parler. Je suis chef d'entreprise dans la région. J'ai accepté cette entrevue car je ne veux pas d'histoires. Je ne me cache pas, mais je ne m'expose pas non plus. Quand je rencontre des hommes sur des sites, je leur donne des rendez-vous hors de la ville. Là, avec B., c'est plus simple, le château c'est discret.

– Mais vous parlez comme c'est discret ! Je suis là moi, j'existe !

– Qui dit le contraire ? Allez, ne vous inquiétez pas. Je suis juste de passage. Si vous aimez votre mari, vous accepterez ce petit moment d'égarement. »

Il m'a fait un clin d'œil insupportable, s'est levé, a payé le thé.

« Rassurez-vous, pour moi B. est un corps parfait entre deux passades. N'y songez plus, dans quelque temps je ne ferai plus partie du paysage. Au fait, il vous va bien ce chemisier ! »

La place de la morte

Elle promit d'observer exactement tout ce qui lui venait d'être ordonné.

Lorsque j'ai eu dix-huit ans, ma mère s'est effondrée en larmes, m'a serrée dans ses bras en répétant : « Tu es vivante, tu es vivante. »

Je venais de dépasser ma sœur, j'avais survécu.

Ce brusque surgissement du chagrin le jour de mon anniversaire m'avait mise mal à l'aise.

Je n'avais rien laissé paraître, j'avais embrassé ma mère de toutes mes forces et j'avais soufflé mes bougies sur un gâteau polonais qu'elle avait préparé dans l'après-midi.

J'ai retrouvé il y a quelques années des photos de cet anniversaire : je portais un lapin en peluche sur les genoux que mes parents m'avaient offert ce jour-là. C'était un cadeau qui n'était plus de mon âge, mais je me souviens l'avoir adoré. Je dormais avec lui et je le posais assis sur une chaise de ma chambre. Il me regardait de ses grands yeux fixes lorsque j'étudiais à mon bureau. Je l'ai retrouvé dans une armoire quand j'ai vidé la maison de mes parents après la mort de ma mère.

Sur les photos de ce jour, nous ne sommes jamais trois : l'un de nous prend la photo pendant que les deux autres sourient. Mon sourire est exagéré et j'ai les joues rouges. Mes parents ont bu un peu de champagne, les deux coupes sont sur la table à côté d'une bouteille de jus de pomme et du reste de gâteau. Je n'ai pas trouvé de photo de l'anniversaire d'avant ni de celui d'après.

Mes parents aimaient les fêtes, les repas de famille, ils aimaient préparer de grands banquets. Ils participaient à la vie de notre commune et organisaient plusieurs bals. Je regardais ma mère mettre le couvert dans la salle des fêtes pour des centaines de convives, mon père prenait part au service de potées géantes et je m'endormais sur une chaise à la fin de la soirée pendant que mes parents valsaient au son d'un orchestre musette. Je ressentais leur joie pendant ces quelques heures tellement légères hors de la maison. Ma mère, qui ne travaillait pas, mettait toute son énergie dans la réussite de ces fêtes. Mon père l'observait avec beaucoup de douceur : « Regarde ta mère comme elle est contente ! »

Je me souviens qu'il employait toujours ce mot en parlant d'elle : contente et non pas heureuse.

J'étais souvent la seule enfant dans ces banquets. Parfois un adulte me faisait danser en me tenant par les mains, je me prêtais à ce jeu en souriant aimablement.

Un jour, j'ai entendu ma mère dire à l'une des convives : « Oh, vous savez, on ne se remet jamais de la mort d'un enfant. On survit. »

J'ai eu très mal au ventre ce soir-là mais je n'ai rien dit.

J'ai couru entre les tables en riant et dansé avec les adultes. Je me souviens qu'à un moment j'avais des nausées et la tête qui tournait terriblement. Mon père, me trouvant prostrée à côté du bar et très pâle, est venu me voir et je suis retournée sur la piste de danse en retenant ma respiration.

Quelques semaines plus tard, alors que j'avais souvent mal au ventre, le médecin de famille a diagnostiqué l'appendicite. J'avais tenu le plus longtemps possible en serrant les dents.

Les mots croisés

Après avoir un peu repris ses esprits, elle ramassa la clef, referma la porte, et monta à sa chambre pour se remettre un peu.

C'était une vraie corvée pour moi d'aller déjeuner chez la mère de B. mais je ne savais comment y échapper.

Elle n'était pas désagréable mais elle parlait sans laisser aucun répit à son interlocuteur et sans jamais l'écouter.

Son fils tentait parfois une anecdote, le récit d'un bout de notre quotidien, elle lui coupait la parole et pouvait nous entretenir pendant une heure sans jamais s'interrompre de ses activités favorites : la mosaïque et les mots croisés.

Je savais donner l'illusion d'écouter en inclinant légèrement la tête, je n'avais même pas besoin d'émettre le moindre son, elle pouvait faire tout un repas à nous décrypter une grille.

« Garçon en six lettres, vous saviez que c'était "éphèbe" ? Je ne connaissais pas ce mot… Ah ça, on peut dire qu'on en apprend des choses avec ce jeu ! »

Elle remplissait compulsivement des cahiers entiers ou les pages consacrées des magazines télé qui traînaient sur la table du salon et dans les toilettes.

Elle habitait un grand appartement dans la banlieue nord. Elle l'avait conservé après la mort de son mari, il était encombré d'un fatras de souvenirs : coupes gagnées dans des compétitions sportives par B., photos de famille aux cadres dépareillés, assiettes en mosaïque qu'elle avait dû confectionner à son atelier.

Elle a sorti du réfrigérateur une salade de tomates et un plat de rosbif froid qu'elle a posé devant moi. Elle m'a fait signe de me servir sans interrompre son récit. J'ai repoussé le plat du bout des doigts et l'ai fait glisser vers l'assiette de B. Après toutes ces années, elle n'avait pas retenu que je ne mangeais pas de viande. B. a tenté d'intervenir :

« Tu as prévu quelque chose d'autre à manger ? »

Il a dû répéter sa question plusieurs fois, elle a fini par me regarder en me demandant si je préférais du jambon. B. n'a pas relevé et m'a tendu le saladier de tomates. Comme à la cantine lorsque j'étais enfant, j'allais me bourrer de pain saucé dans la vinaigrette pour combler ma faim.

Passé la phase d'agacement de la première demi-heure, à me demander ce que je faisais là et à regarder B. subir sa logorrhée, s'est installé en moi un profond malaise, comme un dérèglement des sens : l'odeur des aliments qui me déplaisait, la vision de toute cette bimbeloterie qui m'étouffait, la chaleur de ces pièces confinées, le son permanent de la voix qui montait et descendait, qui stoppait quelques secondes pour repartir de plus belle finissaient par me provoquer une migraine que je sentais monter du fond de mon estomac au sommet de mon crâne. Je m'échappais dans la douleur, laissant les pulsations de mes tempes masquer le flot de paroles.

B. avait bu deux kirs et avait ouvert une bouteille de rosé qu'il était en train de terminer.

Sa mère nous parlait depuis la cuisine où elle faisait la vaisselle, et le tintement métallique des casseroles se mêlait au son diffus de sa voix. B. jouait avec l'étiquette du vin qu'il avait décollée sur un côté et la faisait rouler sur elle-même. Je lui ai fait signe que j'allais me reposer dans un fauteuil du salon, il a remarqué mon air fatigué.

« On ne va pas tarder, maman, on a du boulot, il faut que je tonde la pelouse et... »

Il n'a pas eu le temps de terminer sa phrase, la voix qui s'était tue quelques secondes a repris. Il a tendu la main vers la bouteille et a joué à nouveau avec l'étiquette, je me suis posée au fond du fauteuil. Les yeux fermés, les odeurs et les sons me heurtaient de plein fouet.

Alors que je rouvrais les yeux, j'ai vu la mère de B. arriver vers moi avec un paquet à la main, un emballage en papier kraft qui semblait recouvrir une assiette. Je redoutais de n'avoir plus l'énergie de faire bonne figure. J'ai déballé le cadeau et n'ai heureusement pas eu besoin de faire de commentaire sur sa production artisanale de mosaïque, dont le mélange de couleurs était absolument incroyable : un assemblage hasardeux de bleu turquoise, d'ocre et de rose fuchsia. J'ai souri et le discours s'est poursuivi, inextinguible.

Nous avons traversé dans le silence les embouteillages du dimanche soir et avons regagné le château à la nuit tombée. B. m'a préparé du riz et des épinards à l'huile d'olive, je me suis allongée sur le lit, il m'a déposé un linge frais et humide sur le front.

« Elle a toujours été comme ça, ta mère ?

– Bavarde, tu veux dire ? Oui, toujours. »

Il a regardé autour de lui, il n'avait pas l'air de comprendre.

J'ai ajouté en souriant :

« On peut dire ça comme ça... »

Le jogging

Je vous donne un quart d'heure, reprit la Barbe-Bleue, mais pas un moment davantage.

« Tu viens courir ? »

J'émergeais à peine. J'ai regardé l'heure sur mon téléphone.

« Tu ne trouves pas que c'est un peu tôt ?

– Moi, j'y vais ! »

J'ai sauté hors du lit, saisi une brassière et un short dans la commode, me suis attaché les cheveux en une queue-de-cheval sommaire et j'ai dévalé l'escalier à la suite de B.

Il a entendu ma cavalcade et m'a crié sans se retourner qu'il faisait le grand tour.

C'était donc parti pour une bonne heure dans la forêt en contrebas du château. Après avoir traversé le parc par l'allée de pavés, nous poursuivions le long du mur d'enceinte jusqu'à atteindre un sentier cahoteux qui descendait à la rivière puis remontait par l'autre côté du parc.

Le jour était levé mais l'obscurité persistait sous les grands arbres. B. avait ajusté une lampe frontale et je suivais sa lumière, quelques mètres derrière lui. Notre course a effrayé un faisan qui a piaillé et a décollé péniblement dans un grand battement d'ailes.

B. courait plusieurs fois par semaine et j'étais bien moins entraînée que lui. Nous n'avions pas le même rythme et je devais m'accrocher pour ne pas me laisser distancer et courir seule dans la pénombre. J'aimais relever ce défi et conserver cette allure bien supérieure à la mienne. Je savais que je pouvais tenir une heure, sans doute pas davantage, à cette cadence.

B. m'avait appris le goût de l'effort physique. Il m'avait fallu des années pour apprécier les accélérations de mon cœur, la brûlure de mes muscles, les courbatures. J'avais découvert le plaisir de m'arracher au sommeil pour, les yeux piqués par le soleil levant, sentir la raideur musculaire de mes cuisses se délier, mes premières foulées produire leur énergie, le rebond s'installer. J'étais traversée par le rythme hypnotique de la course, brûlée de la trachée au sternum par mon propre souffle comme par un alcool fort.

B. avait un tempérament de coach : il encourageait, stimulait, guidait. Il était devant, ouvrant la voie et aimait voir le résultat de son travail : l'élève soufflait moins, les plaintes s'arrêtaient, les muscles se dessinaient. Il éprouvait une satisfaction particulière le jour où ses clients lui disaient, après une séance de cardio-training ou de musculation : « C'était bon ! »

Je me laissais guider, sans réfléchir au chemin à suivre, mes pas se calaient dans les siens et il m'entraînait.

Dans les montées, sur le chemin du retour, alors que la fatigue aurait pu coller mes pas à la terre humide du sentier, suivre B. m'a stimulée. J'ai fixé le balancement de ses larges épaules. Il avait enlevé son débardeur et je voyais un sillon de sueur couler de sa nuque au bas de son dos. Il n'avait pas attaché ses cheveux et devait effectuer un mouvement répétitif de la main pour les rejeter en l'arrière.

Suivant toujours la lumière devant moi, je n'ai pas vu la grosse ronce qui barrait le chemin et que B. avait dû enjamber. Elle m'a déchiré le mollet et j'ai poussé un cri aigu. Il s'est retourné et, me voyant pliée et grimaçante, il a stoppé sa course et est revenu en arrière s'agenouiller près de moi.

Le sang coulait le long de ma jambe. Il a observé la blessure et m'a assuré qu'elle était superficielle. Ma chaussette blanche était tachée et je me suis assise sur une grosse pierre pour l'enlever. J'ai frotté mon mollet avec ma main, étalant le sang sans parvenir à le nettoyer. B. a commencé à lécher doucement ma plaie, de la cheville jusqu'au genou. Il avait posé ses mains sur le haut de mes cuisses et j'ai perçu les mouvements de sa bouche sur ma jambe comme une caresse. Puis il a appuyé sa tête contre mon ventre. Ses lèvres étaient rouges de sang.

« Je vais te porter jusqu'en haut.

– Je peux marcher quand même !

– Laisse-moi te porter... »

Nous avons monté la pente, moi accrochée à son dos, le nez dans la sueur de son cou.

L'application

Mais pour ce petit cabinet, je vous défends d'y entrer.

Cyrille avait tenu parole d'une certaine façon, il n'avait été que de passage dans la vie de B. Mais le souvenir de l'horrible scène des vestiaires et les paroles de B. me hantaient. Cette phrase qu'il m'avait criée en plein visage tournait en boucle dans ma tête : « Qu'est-ce qu'on peut y faire si je suis attiré par les garçons ? »

J'ai senti que je ne serais plus jamais tranquille.

Depuis quelques semaines, même lorsque nous étions assis côte à côte sur le canapé, B. me manquait. Sa présence physique ne me rassurait pas.

J'allais devoir chercher, enquêter, tenter de savoir s'il avait des relations avec des hommes. Et comment il les rencontrait. Son téléphone pourrait sans aucun doute me renseigner.

J'ai observé ses habitudes pendant quelques jours, afin de savoir à quel moment je pourrais m'en saisir sans qu'il s'en aperçoive. Il le laissait traîner dans l'entrée ou dans la cuisine lorsqu'il allait prendre sa douche.

J'ai donc profité d'une de ces occasions pour jeter un œil à ses derniers SMS : tous les messages provenaient de clients qui prenaient des rendez-vous. J'ai fait défiler les applications sur l'écran. Au milieu de la météo, de la calculette et des sites de nos banques, j'ai trouvé un logo suspect : un masque orange sur fond noir.

J'ai vérifié sur Google qui m'a confirmé que « Grindr est l'application de réseau social mobile n°1 au monde pour les personnes gays bi et queers ».

J'ai creusé l'info : s'agissait-il de rencontres sexuelles, de rencontres sérieuses ?

A priori, elle permettait de géolocaliser les mecs connectés autour de soi et de tchatter puis de prendre rendez-vous. Sur Internet, quelques types critiquaient Grindr en racontant des mésaventures subies en utilisant le site : beaucoup de prostitution, des hommes qui faisaient leur marché, de faux profils. Ils concluaient : « C'est pas sur Grindr que tu rencontreras l'amour ! »

Cela m'a rassurée.

Et puis, quelques jours plus tard, j'ai vu l'effet de l'application apparaître sur l'écran du téléphone de B. : à huit heures du matin, des dizaines de messages : « Salut, tu cherches un bon coup ? » « J'ai vu ta photo, suis libre cet am » « Prêt pour un plan à 3 ? »

Je me suis demandé si ces messages lui étaient vraiment destinés, s'il allait y répondre. Quel était le principe : devait-on rester poli pour décliner les invitations ou simplement ignorer les propositions inintéressantes ?

Je n'avais jamais utilisé de sites de rencontres et j'en ignorais les codes, *a fortiori* dans ce monde de garçons. J'ai découvert un langage codé : TTBM, no fats, no fems.

Je connaissais son code, il ne se méfiait pas, sans doute trop occupé à trier les candidats. Je pouvais donc consulter ses messages même quand le téléphone était verrouillé. Un matin, pendant qu'il était sous la douche, j'ai fouillé. C'était vertigineux.

Des quantités de messages que je n'avais pas le temps de lire intégralement. Je les ai fait défiler rapidement : des rendez-vous donnés dans des hôtels, des « c'était bon de te sucer ! », des smileys dont le sens m'échappait, quelques prénoms qui revenaient. Un particulièrement : Adrien. Je suis remontée dans les messages et le premier avait plusieurs mois. Parfois des silences d'une semaine. B. relançait, l'autre mettait du temps à répondre. Puis brusquement, trois messages de B. dans la même journée, sans réponse de l'autre. J'ai lu son insistance, sa fragilité. Le lendemain, il proposait une nouvelle rencontre. Le surlendemain, il faisait part de son désarroi : « Tu as peut-être du travail, mais si tu ne veux plus me voir je serai triste mais je comprendrai. » La réponse était arrivée une semaine plus tard, en abrégé : « OQP DSL. On ce voi kan ? » et B. avait répondu sur-le-champ.

J'étais bouleversée par la quantité de messages que je découvrais chaque jour, qui aboutissaient parfois à des rendez-vous. J'essayais de me rassurer en constatant que, à l'exception de cet Adrien dont le prénom revenait, aucune autre relation durable ne semblait exister. Et le type avait l'air jeune et indifférent.

B. était un menteur habile, il savait profiter de mes absences, coordonner son travail, mon agenda, ses rencontres multiples. Elles avaient toujours lieu dans des hôtels Première Classe ou F1 de la région.

J'ai dû suspendre ma surveillance plusieurs jours, son téléphone avait cessé de traîner. Se méfiait-il ou était-ce le hasard ?

Je l'ai retrouvé une nuit dans la cuisine en descendant chercher un verre d'eau. J'ai pu passer tranquillement en revue les derniers messages : il avait invité un type qu'il avait vu la veille à le rejoindre au château.

Ainsi cela m'avait échappé : il emmenait des garçons chez nous.

Ce jour-là, j'étais partie en déplacement toute la journée en Bourgogne, il m'avait questionnée sur l'affaire que j'allais plaider – ce que j'avais pris pour de l'intérêt pour mon dossier n'était que de la curiosité sur l'horaire de mon retour.

Avait-il couché avec lui dans notre lit ? Il n'y avait pas d'autre chambre rénovée, mais avaient-ils besoin d'un lit pour faire ce qu'ils avaient à faire ?

Je n'avais rien remarqué, pas le moindre dérangement, la plus fine odeur. Si attentive aux détails, comment aurais-je pu passer à côté de la présence d'un garçon dans nos appartements ?

Ou bien avait-il circonscrit son terrain d'action à son espace professionnel ? Il l'aurait emmené dans les douches, lui aussi, dans son bureau ? Rien dans leurs dialogues ne me renseignait.

J'ai scruté les cheveux, les poils dans le lit, les parfums, les marques de doigts sur les bibelots, rien de suspect, tout était net et à sa place, tel que je l'avais ordonné.

S'était-il appliqué à faire disparaître toute trace de leur passage comme il s'appliquait à me dissimuler ses aventures ?

Un jour que j'avais pu à nouveau m'emparer de son téléphone, je suis tombée sur une conversation de B. avec deux types. Ils lui proposaient un plan à trois. B. répondait timidement, il n'avait pas l'air emballé.

Quand soudain, j'ai lu un des messages qui insistait : « Envoie ta femme faire des courses et viens nous rejoindre, tu ne le regretteras pas ☺. »

Je n'avais jamais imaginé que B. se présentait comme marié sur son profil.

Ainsi donc j'existais dans cette vie.

L'autre fille

Elle pensa se rompre le cou deux ou trois fois.

À quinze ans, j'ai connu mon premier chagrin d'amour et j'aurais pu en souffrir si mes parents ne me l'avaient pas interdit. Aucune douleur n'avait le droit de rivaliser avec celle de la perte d'un enfant, avec celle de la mort de ma sœur.

J'avais rencontré un garçon dans un de ces bals que mes parents organisaient pour notre municipalité à l'occasion des fêtes de fin d'année. Ma mère m'avait offert pour l'occasion une robe en satin bleu découvrant mes épaules avec un gros nœud latéral qui me faisait ressembler à un paquet cadeau.

Un garçon de mon âge m'avait invitée à danser un slow. Il était très brun avec les yeux sombres et il portait un blouson de cuir noir. Je m'étais étonnée de sa présence à ce bal. Il m'avait répondu sur un ton désinvolte : « J'accompagne mes vieux ! » Il dansait avec cette même allure détachée, une main dans la poche de son jean, une main sur ma taille. Entre deux slows, alors que les danseurs changeaient de partenaires, il ne m'avait pas lâchée, pour finir il m'avait proposé d'aller fumer dehors. J'étais fascinée par ses allures de mauvais garçon si bien que je l'avais suivi. Il avait allumé une Marlboro rouge, m'avait serrée contre lui et embrassée.

Nous nous étions revus après cette soirée, il me donnait des rendez-vous secrets à la lisière de la forêt, auxquels il se rendait sur sa Mobylette 103 Peugeot. Je courais pour le retrouver à la fin de mes cours et je courais pour regagner la maison sans que ma mère s'aperçoive de mon absence. Après quelques semaines, il m'avait déclaré un amour éternel et m'avait invitée à le rejoindre chez lui un samedi que ses parents devaient s'absenter. Nous nous étions longuement caressés, il disait que nous ferions l'amour bientôt et il devait appréhender autant que moi ce moment, prolongeant indéfiniment ces prémices romantiques pendant lesquels il expérimentait l'usage de mots d'amour grandiloquents.

Pendant trois mois, j'ai vécu intensément cette histoire secrète dont je n'ai parlé à aucune de mes amies. Sans doute avais-je honte de fréquenter un garçon qui ne faisait pas d'études, moi la bonne élève de première qui préparait un bac littéraire avec deux ans d'avance.

Et puis, un jour, il n'est pas venu au rendez-vous de la forêt. J'ai téléphoné plusieurs fois chez ses parents dans les jours qui ont suivi, il n'était pas joignable. Son père a fini par me le passer et il m'a juste dit :

« Tu ne comprends pas que c'est fini ? »

Je suis restée sans voix, abasourdie. À mon interrogation :

« Mais pourquoi ? Tu me disais que tu m'aimais… »

Il a soupiré un :

« Ben ouais, mais je ne t'aime plus… » et il a raccroché.

Je suis restée prostrée pendant des heures, incapable de comprendre son attitude. Je ne pouvais me confier à personne, puisque personne n'était au courant de cette histoire. Quelques jours plus tard, j'ai aperçu sa Mobylette garée en ville. Elle était commune mais reconnaissable à l'autocollant d'un club de foot collé sur le réservoir. Et je l'ai vu avec une fille à la terrasse d'un café, une fille dont il tenait la main en souriant. J'ai couru jusqu'à la maison et me suis enfermée dans ma chambre. Je me souviens avoir pensé que j'allais mourir de chagrin. La souffrance me dépassait, je me demandais pourquoi je souffrais autant, ce qui me faisait le plus mal : m'être autant trompée sur ses sentiments ou avoir été délaissée pour une autre.

Pendant des semaines, j'ai presque cessé de manger. Je m'enfermais dans ma chambre, dans le silence. Je ne parvenais plus à faire mes devoirs et mes résultats scolaires se sont mis à chuter.

Puis un soir, à table, alors que ma mère venait de poser mon assiette de soupe devant moi et que je me sentais incapable de l'avaler, je me suis effondrée. Mes parents m'ont regardée, médusés, me pressant de questions :

« Mais qu'est-ce que tu as ? Tu ne te sens pas bien, tu es malade ? Tu as des problèmes au lycée ? »

J'ai fini par balbutier :

« J'avais un petit ami, mais c'est fini… »

La réaction de ma mère a été glaciale.

« Eh ben, si c'est ça, on peut dire que tu pleures vraiment pour rien ! Il y a des choses bien plus graves dans la vie… La maladie, la mort, ça c'est grave ! Là, on a le droit de pleurer, mais ma pauvre fille, pour un garçon ! »

Cette grande froideur inhabituelle s'est achevée en réprimandes :

« Va te coucher maintenant et qu'on n'entende plus parler de ça ! Tu as tout pour être heureuse. »

J'ai dissimulé mon chagrin comme je savais dissimuler mes étranges malaises et je n'ai jamais plus parlé de cette histoire.

Mais le visage de la fille m'obsédait toujours. Je me réveillais en sursaut la nuit et ses yeux me fixaient dans l'obscurité.

Je suis retournée plusieurs fois devant le café pour tenter de l'apercevoir et je l'ai revue, seule, qui attendait. Je suis restée longtemps à la regarder. J'aurais voulu pouvoir m'approcher, sentir son parfum, son odeur. J'aurais aimé entendre sa voix, son rire, voir bouger les traits de son visage. L'observer, de loin, comme un portrait dont je ne pouvais percevoir la réalité, me frustrait terriblement. Et j'éprouvais une sorte de fascination et une douleur aiguë qui me figeaient sur place.

Je retrouvais dans ce sentiment la présence fantomatique d'une autre fille, une fille tant aimée, une fille à laquelle je n'avais cessé de me comparer, une fille dont la mort avait causé un tel chagrin qu'aucun autre chagrin n'avait le droit d'exister.

Je sentais qu'être évincée pour une autre fille m'était absolument insupportable ; se mettait en place dans mon esprit un rempart contre les souffrances à venir. Je ne souffrirais plus la comparaison.

Le ménage

Il la priait de se bien divertir pendant son absence...

J'avais passé les jours précédents à faire le ménage. Nous n'avions pas les moyens de payer une employée de maison plus de cinq heures par semaine pour accomplir ces tâches et cela ne suffisait pas. La plupart du temps, l'employée passait l'aspirateur, lavait les sols et désinfectait les sanitaires, mais n'avait pas le temps de faire la poussière – et il y en avait ! – de nettoyer la cuisine, faire les lessives, le repassage et les vitres.

B. se souciait peu des tâches ménagères, même s'il ne rechignait pas à s'occuper des carreaux de temps en temps, et j'avais toujours été maniaque : j'aimais l'ordre, l'odeur de la javel, les surfaces émaillées immaculées.

J'avais compris qu'il faudrait renoncer à avoir un intérieur impeccable, entretenir seule une telle bâtisse était impossible et, lorsqu'il pleuvait, les clients qui entraient et sortaient traînaient de la boue dans toutes les pièces.

Nous devions accueillir un mariage et il fallait que tout soit propre. Nous avions pris la décision de louer le château pour des réceptions car nos activités, même si elles commençaient à se développer, ne suffisaient pas à payer toutes les charges. La taxe foncière était faramineuse et nous allions devoir faire remplacer toutes les fenêtres jusqu'au dernier étage pour ne pas vivre un autre hiver dans les courants d'air.

La veille, j'avais astiqué les vitres du rez-de-chaussée, B. avait rangé les outils qui traînaient encore dans le parc. Le temps était très incertain et j'espérais que le cocktail prévu sur la terrasse pourrait avoir lieu. À défaut, nous avions monté une tente de réception sur la pelouse.

J'appréhendais cette charge de travail supplémentaire, nous devions accueillir six réceptions avant l'été, ce qui signifiait préparer les lieux une semaine avant, débarrasser notre cuisine pour laisser la place au traiteur qui devait y entreposer son matériel, puis recevoir les mariés, rester disponibles toute la soirée et une partie de la nuit, le lendemain tout remettre en état pour qu'aucune trace de la soirée ne subsiste le lundi matin et que le lieu puisse retrouver sa fonction de salle de sport.

Nous nous étions réparti les tâches : B., plus sociable et commercial que moi, recevait les couples pour leur faire visiter le château, leur faire signer les contrats que j'avais rédigés, puis le jour J, il accueillait les convives, restait joignable toute la nuit, je m'occupais du nettoyage le lendemain.

J'ai pris mon dîner dans la cuisine, au milieu des caisses de vin et des cartons contenant des décorations de table. J'ai ouvert une des boîtes qui n'était pas scotchée et j'ai attrapé un ballotin de dragées roses et blanches. Une étiquette manuscrite au crayon doré portait les prénoms d'Angélique et Arnaud. Une caisse en plastique transparente laissait entrevoir de petites bougies avec le nom des invités et un plan de table. J'avais vidé notre réfrigérateur pour que le traiteur entrepose les bouteilles de champagne. Il avait déposé sur mes plans de travail des plats de services en Inox et des plateaux à étages destinés à recevoir les canapés du cocktail.

Une petite boîte en carton fermée par un Scotch était posée à côté d'un ensemble de couverts de service. Elle portait une étiquette « *cake topper* » et la mention « ne pas oublier, important ». J'ignorais le sens de ce terme et ma curiosité m'a poussée à retirer précautionneusement le ruban collant et à ouvrir le couvercle. Elle contenait une figurine de mariés destinée à décorer la pièce montée. J'ai saisi le couple en plastique par la tête et l'ai extrait de son emballage. L'homme et la femme avaient une coiffure presque identique : des cheveux marron coupés au bol comme des Playmobil et le regard orienté vers le bas. La mariée portait une gerbe de fleurs sur son bras gauche et avait l'autre bras passé sous celui du marié qui se tenait très droit et digne. Les plis de la robe blanche formaient un tourbillon qui recouvrait presque tout le socle de dentelle plastifiée. Je les ai fait tourner entre mes doigts, ils étaient d'une légèreté incroyable. En reprenant la boîte pour les ranger, j'ai aperçu au fond un petit morceau de tulle enserré dans un minuscule diadème qui figurait le voile de la mariée et avait dû se décoller.

J'ai voulu replacer les petites poupées les pieds en avant dans leur carton, mais le socle a accroché et déchiré les rebords. J'ai forcé au risque de fissurer le couple et j'ai réussi à le remettre au fond de son emballage.

J'allais rescotcher le paquet lorsque j'ai vu le petit morceau de tulle qui traînait sur la table.

J'ai enfoncé le diadème miniature sur la tête du marié et j'ai refermé le couvercle.

Le mariage

Il lui en demanda une en mariage et lui laissa le choix de celle qu'elle voudrait lui donner.

Les bruits de klaxon des véhicules qui descendaient l'allée et les claquements des portières sur le parking sont venus me surprendre en pleine réflexion.

J'ai entendu la porte d'entrée s'ouvrir et se refermer plusieurs fois et le son des voix a retenti dans l'escalier. Une femme a demandé les toilettes et les pleurs d'un bébé ont éclaté.

J'avais dû me replier à l'étage lorsque le personnel du traiteur était arrivé pour faire sa mise en place. Les tables avaient été dressées dans le grand salon, des bouquets de fleurs et des plantes avaient été livrés et on nous avait demandé de débarrasser la console de l'entrée pour les disposer. Un vestiaire y avait été installé près des toilettes et j'entendais les convives qui discutaient en attendant leur tour. Un brouhaha commençait à envahir le rez-de-chaussée et montait jusqu'à moi. Contre toute attente, le soleil brillait, il faisait même presque trop chaud.

Je me suis levée et j'ai regardé par la fenêtre qui donnait sur la terrasse. Plusieurs buffets avaient été préparés et le personnel était en place pour le service des boissons. Les invités commençaient à circuler dans le parc et à s'asseoir sur les bancs. J'ai entrouvert la fenêtre et suis allée passer un peignoir. J'étais contrainte au confinement jusqu'au lendemain et je regrettais de ne pas pouvoir profiter de la première journée ensoleillée.

B. était monté se préparer en début d'après-midi. Il avait fouillé dans son dressing pour y trouver une tenue adéquate, mais il était plutôt adepte du sportswear et n'avait pas de tenue habillée, il avait sorti le costume qu'il portait pour notre mariage.

« Qu'est-ce que tu en penses ?

– Si tu veux vraiment mettre un costume, tu n'as pas trop le choix... »

Il avait donc enfilé la veste grise qu'il portait dix ans plus tôt. Elle lui allait toujours aussi bien, elle mettait en valeur ses épaules larges et son dos musclé. Il a déboutonné la chemise.

« Cravate ?

– C'est peut-être pas indispensable avec la chaleur ! »

J'ai repris mon poste d'observation à la fenêtre et je l'ai entendu souhaiter la bienvenue aux mariés. Une clameur s'est élevée : la mariée arrivait sur la terrasse. Je me suis penchée pour l'apercevoir un peu mieux : elle était blonde et fine, sa longue robe moulante mettait en valeur ses épaules dorées. Elle portait une couronne de fleurs fraîches dans des tons rosés posée sur un voile qui flottait derrière elle. Elle tenait dans la main un joli bouquet d'arums. Elle a virevolté au milieu des invités en riant. Des femmes se sont placées en cercle autour d'elle et ont crié : « Le bouquet, le bouquet ! »

Une sono a grésillé et une voix a retenti : « Attendez, attendez que tout le monde soit sur la terrasse ! Et le photographe, il est où le photographe ? » Un attroupement s'est formé, quelques appels ont encore retenti : « Les témoins de la mariée, ils sont passés où les témoins ? Et la maman ? Ah, elle est là ! » Le DJ avait dû entrer en action. Il a crié : « À la une, à la deux, à la trois ! », la mariée a tourné sur elle-même, a lancé son bouquet. Plusieurs filles se sont précipitées pour s'en saisir, mais une gamine a déboulé en courant et l'a attrapé au vol.

J'ai refermé ma fenêtre et j'ai essayé de lire pour me détendre. Des odeurs de cuisine avaient envahi la maison. Je vivais ce déferlement de bruits, de gesticulations, ces effluves qui s'insinuaient dans toutes les pièces comme une agression. Sans doute B. le ressentait-il différemment, il avait rencontré les mariés, organisé la journée avec eux, ils n'étaient plus des inconnus pour lui. Il m'avait dit s'être entretenu à plusieurs reprises au téléphone avec le marié qui voulait faire la surprise à sa future femme de passer la nuit de noces au château. Nous n'avions pas encore aménagé de chambre nuptiale et avions dû à la hâte trouver un lit et agencer une chambre provisoire. Nous y avions disposé une commode ancienne et quelques éléments de notre propre chambre : nos fauteuils, notre dessus-de-lit, un chandelier ancien.

J'avais du mal à me concentrer sur ma lecture, chaque éclat de voix provoquait ma curiosité et m'incitait à me relever et à regarder en bas. J'ai observé que la mariée avait enlevé son voile et j'ai entendu le DJ qui appelait des prénoms, la litanie des photos se poursuivait. Un homme a crié de se dépêcher, que la météo annonçait des orages vers dix-huit heures trente. J'avais beau me pencher, je ne voyais pas le lieu où se déroulait la séance photo, le photographe avait choisi de les faire poser devant le grand cèdre, sur le côté du château.

Je me suis rendu compte que je n'avais pas encore vu le marié et j'ai aperçu B., un verre à la main, qui déambulait au milieu des invités. Il a posé son verre sur un buffet et a repris une coupe de champagne. Il naviguait entre les groupes et je l'ai vu entrer dans la tente de réception qui devait être vide. La soirée allait être longue, rythmée par les annonces de l'animateur qui me préviendraient du déroulement des événements. J'avais prévu un plateau-repas et j'espérais que B. viendrait me tenir compagnie un moment.

Vers dix-neuf heures, le vent a commencé à souffler et les nappes à se soulever, des verres sont tombés des buffets, les serviettes en papier se sont envolées. Les convives couraient dans tous les sens, aidant le personnel à rentrer les plateaux encore pleins de toasts et de verrines. Le ciel s'est assombri. L'orage allait éclater. Une femme a levé son verre en s'esclaffant : « Mariage pluvieux… »

J'ai aperçu B. démontant la tente qui menaçait de s'arracher. Une très forte averse s'est abattue sur les derniers convives qui traînaient sur la terrasse. Les portes et les fenêtres se sont fermées et le raclement des chaises m'a signalé que la noce passait à table.

Je suis restée à regarder la pluie battante et les restes du buffet qui s'étaient éparpillés dans la nature. Un grand morceau de tulle était accroché dans un sapin et flottait dans le vent. B. est monté se changer, il était trempé et a dû repartir en jean et chemise bleue.

« Tout se passe bien en bas ?

– Ils sont très contents, ils ont eu le temps de faire leurs photos et de prendre l'apéritif dehors avant la pluie. Tout va bien, j'y retourne, je vais voir si le traiteur n'a besoin de rien ! »

Les éclats de voix, le larsen du micro, les effluves de gigot et de vin, les discours des témoins et du père de la mariée, la valse viennoise d'ouverture du bal et les applaudissements et trépidations ont rythmé ma soirée. J'ai fini par m'endormir malgré le bruit et me suis réveillée en sursaut vers quatre heures du matin.

B. dormait à côté de moi, je ne l'avais pas entendu se coucher.

Plus un bruit ne montait du grand salon, la fête était finie. Mes oreilles bourdonnaient des sons et des musiques passés. Je me suis redressée dans le lit et j'ai scruté le silence. La mariée dormait-elle dans les bras du marié fantôme que je n'avais pas aperçu ?

L'objet

Et voilà le passe-partout...

Depuis quelques semaines, à peine allongé, B. tombait de sommeil.

Je m'inquiétais qu'il ne trouve plus l'énergie de me faire l'amour. Il ne sortait pratiquement plus et ne recevait personne, la charge de travail l'accablait complètement. Entre les réceptions, les séances de sport, l'entretien du parc, il se levait de plus en plus tôt et répétait tous les soirs : « Je suis complètement épuisé ! »

Je craignais que ce prétexte ne dissimule un manque de désir et qu'il n'ait plus d'attirance que pour les garçons. Je n'osais pas me rapprocher de lui, ne voulant pas prendre le risque d'un refus. Depuis que nous vivions au château, plusieurs fois par semaine, il se collait à moi dans le lit en silence, les yeux fermés, m'enlaçait et me faisait l'amour sans préliminaires. Je m'étais accoutumée à ce rituel. J'aurais apprécié quelques caresses mais j'avais fini par aimer ces moments brefs et intenses pendant lesquels nos corps s'unissaient.

Un après-midi, alors que je retardais le moment de rédiger des conclusions dans un dossier de succession très ennuyeux, j'ai commencé à regarder sur Internet des sites de voyages. Je n'avais pas espoir de voyager désormais puisque nous n'en avions plus le temps. J'ai effectué plusieurs simulations de séjours dans des hôtels à Venise et à Vienne, choisissant les horaires des vols, les chambres, vérifiant les commentaires sur Tripadvisor.

J'imaginais comme nous aurions été tranquilles dans ces endroits sublimes, sans avoir à nous préoccuper du parc à tondre et des sols à décaper. Nous aurions pu prendre le temps de nous promener, visiter ces villes dont nous avions rêvé, laisser pour quelques jours toute cette charge de travail et traîner au lit dans ces chambres magnifiques. Cette idée de voyage n'était pas réaliste mais me détendait énormément. Un des sites proposait également des massages en promotion dans plusieurs spas à Paris. J'ai soudain pensé que nous pourrions nous offrir un moment de détente et de repos sans avoir à prendre l'avion. J'ai effectué quelques recherches et sont apparues sur l'écran plusieurs propositions pour des salons asiatiques qui présentaient des massages sensuels. J'ai cliqué dessus par curiosité, sans aucune envie de tester ces lieux sordides. La page du site à peine fermée ont surgi sur mon écran des images d'objets érotiques. J'ai quitté Internet, me disant que j'allais être maintenant assaillie de propositions dans ce genre, je n'aurais pas dû visiter des sites glauques depuis mon ordinateur de bureau.

J'ai commencé à rédiger mes conclusions mais je n'avais vraiment pas la tête au travail. De nouveau, je me suis laissé envahir par la passivité, succombant à la facilité en retournant sur le Net. Au point où j'en étais, j'ai cliqué par curiosité sur un des sites vendant des sextoys. Je n'avais jamais utilisé ce genre de jouet ni avec B. ni avec aucun autre homme. Sur Sexyavenue, j'ai découvert des objets multicolores et hideux, du vibromasseur Jack The Rabbit dépassant de son emballage cadeau doré au stimulateur Rabbit Hello présenté en rose vif, en violet et en vert sapin. Le « pack anniversaire édition limitée » offrait « un stimulateur, un cockring vibrant, des menottes métal et fourrure, un lubrifiant classic gel et un étui large et discret, utile pour ranger tous les sextoys ».

La vue de ces choses me refroidissait plutôt. Sans doute, dans un contexte érotique, tout le sordide qui se dégageait de cette vision à froid était-il occulté. Une idée bizarre m'a traversé l'esprit : et si je commandais un de ces objets pour l'utiliser avec B. ? Cela pourrait peut-être réveiller sa libido… Nous n'avions jamais éprouvé le désir d'utiliser un objet et je ne savais pas ce que B. pourrait en penser.

Le rayon Sextoys pour couples était précédé d'un long paragraphe destiné à rassurer les acheteurs potentiels et à les guider dans leurs choix : « Peur d'aborder le sujet avec votre partenaire ? Rassurez-le, il n'est pas question de le remplacer, mais dites-lui que vous avez envie de découvrir de nouvelles sensations ensemble ! » Le texte se terminait par cette phrase hallucinante : « Vous souhaitez inverser les rôles ? Utilisez un gode ceinture et montrez à votre partenaire qui est le chef ! »

Je suis allée voir l'objet dont il était question et j'ai découvert qu'il existait en de nombreuses versions : slip gode latex, kit harnais et gode silicone, gode ceinture vibrant pink powergirl. Au vu du nombre d'articles existant dans chaque catégorie, je me suis dit que j'avais dû passer à côté d'un monde de plaisirs et que, à plus de quarante ans, il était peut-être temps d'en faire l'expérience. En étudiant la fiche technique de plusieurs godes, j'ai constaté que les ceintures – même en taille S et réglables – seraient bien trop larges pour ma petite taille. Le dernier de la liste était présenté sans l'accessoire, il s'agissait d'un simple gode de la catégorie « réaliste ».

La livraison était bien sûr garantie en toute discrétion et il est arrivé par la poste quelques jours après la commande dans son emballage neutre. Il tenait sa promesse : un sexe en érection, parcouru de veines apparentes, d'un rose un peu trop rose et dont les testicules semblaient tronçonnées. L'objet n'était pas fait pour être regardé sous tous les angles : vu de l'arrière, la matière plastique était plate et sa surface était grevée de petits cratères. Mais il ferait l'affaire.

J'ai décidé de le ranger dans la commode de la chambre, enfoui dans mes sous-vêtements. Ce soir-là, je lisais lorsque B. s'est couché. Il a immédiatement éteint sa lampe de chevet et m'a tourné le dos. J'ai éteint de mon côté et me suis relevée, marchant doucement vers la commode dans la pénombre. La lune éclairait légèrement les contours des meubles. Je me sentais fébrile, j'ai ouvert le tiroir, fouillé dans mes culottes pour en extraire l'objet. Il était froid et un peu mou. Je me suis recouchée et me suis rapprochée de B. J'entendais sa respiration profonde, il était en train de s'endormir. J'ai placé le gode dans ma main droite et j'ai passé mon bras gauche autour de sa taille. J'ai saisi son sexe. Il a bougé comme pour se dégager en soupirant. J'ai approché le gode, lui ai écarté les fesses et j'ai commencé à le caresser avec le bout du gland en plastique. J'appréhendais sa réaction, je ne savais pas s'il allait me repousser, être surpris, rire peut-être. Il a pris une inspiration et a commencé à bouger le bassin. J'ai enfoncé doucement le truc. B. s'est raidi et a murmuré :

« Mets du gel…

– Quoi ?

– Mets du gel, s'il te plaît, dans mon sac de sport, dans l'entrée. »

Je suis descendue fouiller dans son sac dans lequel j'ai trouvé un tube de gel lubrifiant entamé. J'en ai enduit le gode, j'en avais plein les mains. B. était dissimulé par les couvertures. Il m'a appelée :

« Qu'est-ce que tu fais, tu viens ? »

Je me suis allongée derrière lui, le truc visqueux dans la main. Il m'a ordonné :

« Caresse-moi d'abord ! »

J'ai repris son sexe dans une main.

« Mais non, pas là ! »

Il a soulevé les fesses. Il ne m'avait jamais demandé ce genre de caresses. Je le sentais très excité.

« Vas-y maintenant ! »

J'ai enfoncé l'engin d'un coup. Il a crié :

« Mais t'es folle, tu vas trop vite ! »

Je me suis excusée et il a ri.

« Mais c'est bon, continue ! »

J'ai ressorti doucement le gode et j'ai engagé un mouvement de va-et-vient. Il me glissait de la main. Je me suis arrêtée un instant pour m'essuyer dans les draps. B. en a profité pour me murmurer :

« Colle-toi à moi, attrape-moi par les hanches. »

J'ai fait glisser mes mains de sa taille à ses hanches, plusieurs fois, le caressant doucement.

« Tiens-moi plus fermement ! »

J'ai comprimé son bassin le plus fort que je pouvais et j'ai repris mon mouvement en lui. J'avais le sexe collé contre ses fesses et je sentais le côté plat et froid de l'objet qui me frottait. B. remuait bizarrement la tête sur son oreiller, dans un mouvement latéral. Il se décoiffait complètement, la lune faisait briller ses cheveux comme une couronne d'étincelles. Il a mordu le drap en criant et j'ai senti aux mouvements de son bassin qu'il jouissait. Il s'est dégagé immédiatement, a enlevé le gode en gémissant et s'est dirigé vers la salle de bains en le tenant dans la main. Il est revenu au bout d'un long moment, s'est recouché sur le côté et s'est endormi instantanément. J'avais été si concentrée sur ma mission que je n'avais pas éprouvé de plaisir.

Je n'avais pas sommeil. Je me suis assise sur le lit. J'ai aperçu l'objet posé sur la commode. Il était dressé vers le plafond. Les rayons de la lune le faisaient briller. Il était inerte mais toujours aussi vif. J'ai eu cette impression qu'il irradiait.

Les muscles

La Barbe-Bleue se mit à crier si fort que toute la maison en trembla.

Lorsque j'ai ouvert les yeux, B. n'était plus dans le lit. Je me suis redressée, l'objet avait disparu.

Une phrase m'a traversé l'esprit : « Ils sont partis tous les deux. »

J'avais dû m'endormir au petit matin et je n'avais pas entendu son réveil. Il était plus de huit heures, B. devait déjà avoir commencé une séance de coaching, certains clients venaient avant d'aller travailler.

Je me suis habillée et suis descendue à la cuisine. Je n'avais pas d'audience, pas de rendez-vous, j'ai donc décidé de prendre mon petit déjeuner tranquillement. De la cuisine, j'apercevais le parking. Aucune voiture n'y était stationnée, hormis les nôtres. B. était donc peut-être dans le parc ou dans son bureau. Je me suis préparé un thé et des tartines, et me suis installée avec un magazine à la table de la cuisine. Le début de ce mois de mai avait un air d'été, j'avais envie de flâner dans le parc, de jardiner, d'aller acheter des géraniums pour fleurir les pots en terre cuite de la terrasse.

Un bruit métallique a retenti : la chute d'un poids en fonte dans une machine de musculation. Les sons qui provenaient de la salle de gym m'étaient devenus familiers. B. devait s'entraîner, seul comme il le faisait parfois tôt le matin. Il avait gardé de ses années de culturisme une méthode pour travailler ses muscles. Je l'entendais souvent dire : « Pas plus de deux groupes musculaires par séance, beaucoup de charge, peu de répétitions pour obtenir un résultat. »

J'ai terminé ma tartine, j'ai pris ma tasse de thé et suis allée le rejoindre dans la pièce où étaient installés les appareils de musculation. Il ne m'a pas entendue entrer, je me suis assise sur un banc qui servait aux développés-couchés et je l'ai observé.

Il me tournait le dos, il était assis dans une machine Chest Press pour travailler ses muscles pectoraux. Ses mains serraient des poignées, il avait les coudes à la hauteur de la poitrine et il effectuait des mouvements pour ramener ses bras l'un vers l'autre.

Il a accéléré son geste sur les trois dernières répétitions, expirant aussi profondément que lorsqu'il allait jouir. Mais il m'apparaissait tellement différent ce matin au milieu de sa salle de sport. Les rayons de soleil qui traversaient la pièce éclairaient le volume de sa masse musculaire et en soulignaient la puissance. Il a relâché les poignées et la descente des poids a produit un tintement métallique. Il a saisi sa serviette, s'est épongé le visage et les aisselles et s'est levé pour changer de machine. J'ai bougé pour lui signaler ma présence. Il a jeté un regard sur moi, étonné de me voir en pyjama avec un thé à la main dans la salle de muscu.

« Tu ne travailles pas ce matin ?

– Je vais y aller, j'ai le temps. »

Il m'a fixée du regard en fronçant les sourcils, il a ajouté en marmonnant :

« Et tu n'as peut-être pas que ça à faire de passer ton temps à me regarder m'entraîner ! »

Sa lèvre supérieure était remontée, ses narines dilatées. Il n'avait pas parlé fort mais je le sentais en colère. Je n'ai pas compris sa réaction et la surprise m'a ôté toute repartie. Il a détourné le regard, a enlevé son débardeur, a saisi deux poids de dix kilos sur leur rack et s'est placé de profil, les bras le long du corps. Je savais qu'il allait faire travailler ses biceps dans cette posture. Je suis retournée sur le banc. Il a fléchi les coudes, alternativement, afin de ramener les poids vers ses épaules. Je voyais son muscle à l'avant du bras qui gonflait à chaque mouvement, ses veines qui se dessinaient. Sa respiration devenait rauque à nouveau. Une expression de sérieux apparaissait sur son visage : son regard reflétait la concentration plus que l'effort et la souffrance. Cet entraînement avait l'air d'être l'activité la plus sérieuse du monde, il adoptait un comportement de spécialiste, d'expert. Il fixait son bras droit et regardait son muscle se dessiner comme s'il modelait une matière, une argile pour lui donner une forme nouvelle.

Il m'avait raconté qu'à l'adolescence il n'aimait pas son corps. Il le trouvait banal, trop lisse, trop blanc. Il avait, à l'âge de vingt ans, été saisi d'une volonté de le recréer, le transformer à l'image du corps des champions qui le fascinaient alors : il était devenu fan d'un culturiste qui s'appelait Francis Benfatto. Lorsque nous nous étions rencontrés, il en parlait encore souvent, le type avait été élu Mister France dans les années quatre-vingt, avait été vice-champion du monde de bodybuilding. B. achetait le magazine *Le Monde du muscle* et découpait les posters de son idole qu'il scotchait aux murs de sa chambre. J'étais allée me rendre compte du physique de Benfatto sur Internet : il était impressionnant, il avait une carrure et un volume musculaire ahurissants, la mâchoire carrée, le visage taillé à coups de serpe. Pas du tout le genre de type qui plaisait à B., plutôt le genre auquel il s'identifiait. Un idéal à atteindre.

Il avait admiré les corps massifs de Sylvester Stallone et Arnold Schwarzenegger, et avait conservé un goût pour les *Rambo* ou les *Terminator*. Lorsqu'un de ces films était rediffusé à la télé, je le laissais captivé devant l'écran qui rayonnait d'éclairs, de gesticulations, émettant des bruits d'explosions et de tirs qui m'insupportaient. Il avait gardé un album photo de ses années de culturisme. Ses muscles étaient alors beaucoup plus volumineux car il s'entraînait quotidiennement. Il posait vêtu de maillots de bain ultra-courts et moulants aux couleurs fluo, la peau enduite de tan, au milieu d'une brochette de types surdimensionnés et luisants. Un numéro était accroché à leur mini maillot et ils prenaient tous la même pose, faisant saillir une part de leur anatomie, tantôt les abdos – leurs bras étaient alors ramenés derrière leur tête et ils creusaient le ventre pour exhiber leurs tablettes de chocolat – tantôt leurs biceps et ils se tenaient pour cela dans une posture de vainqueurs, les deux bras fléchis à la hauteur des épaules.

Il a reposé les poids pour en prendre de plus lourds et refaire une série. J'ai vu aux contractions de son visage et à la sueur qui coulait de ses tempes vers son menton qu'il forçait énormément. J'avais l'impression de ne jamais l'avoir vu s'entraîner avec autant de rage. À un moment, il s'est immobilisé, un poids dans chaque main et m'a dit sans me jeter un regard :

« Bon écoute, c'est chiant maintenant, laisse-moi ! »

Sa remarque m'a fait monter les larmes aux yeux. Je me suis levée et j'ai quitté la pièce sans un mot.

En regagnant la chambre pour me préparer, j'ai revu le B. d'hier soir, qui secouait sa tête sur l'oreiller en gémissant, qui se laissait faire et l'image s'est superposée à celle de l'homme qui soulevait la fonte avec une détermination virile dans le regard et dans la mâchoire.

J'avais laissé B. dans sa pièce. Il était en tête à tête avec son corps. Il le contraignait, il le poussait jusqu'à ses limites.

Il l'interrogeait. Il semblait chercher une réponse dans les reliefs de ce corps qu'il avait dessiné.

Le divorce

Ce qui les dégoûtait encore, c'est qu'il avait déjà épousé plusieurs femmes, et qu'on ne savait ce que ces femmes étaient devenues.

J'avais installé un bureau de réception dans une pièce du rez-de-chaussée qui s'ouvrait sur le parc. Le conseil de l'ordre avait délégué un de ses membres pour effectuer la visite domiciliaire et il avait conclu que mon installation présentait les critères requis par la déontologie : j'avais une petite salle d'attente, l'entrée du cabinet était distincte de celle de notre domicile et de la salle de sport de B. Mon confrère avait même ajouté qu'il trouvait le lieu charmant : « Vous avez beaucoup de chance de travailler dans ce cadre, vous vivez en pleine campagne, dans ce bâtiment qui a tant de cachet. Avec mon associé, nous exerçons dans un immeuble de bureaux, je vous envie de travailler ici ! En plus, vous êtes chez vous, vous pouvez vous détendre entre deux rendez-vous… »

J'avais terminé l'installation des dossiers que j'avais classés par ordre alphabétique sur mes étagères, j'avais fixé une gravure de Daumier au mur et affiché le tarif des consultations. L'endroit était conforme à l'idée qu'on se faisait d'un cabinet d'avocat, avec un bureau de style Empire et une lampe bouillotte offerts par mes parents après ma prestation de serment. Avec les années, j'étais devenue une spécialiste du droit de la famille.

L'arrivée d'un rendez-vous m'a sortie de ces réflexions. Un homme venait me consulter car il envisageait de divorcer. Il voulait savoir s'il pouvait quitter le domicile conjugal sans risquer de perdre ses droits. J'aimais prendre le temps d'écouter mes clients. Je leur disais toujours, en début de conversation, alors qu'ils s'installaient en face de moi : « Racontez-moi tout depuis le début : comment vous vous êtes rencontrés, quelle a été votre vie, qu'est-ce qui allait, qu'est-ce qui n'allait pas... » Et j'écoutais patiemment, en relançant parfois si le client passait trop vite sur certains détails : « Tout est important, vous savez, si vous voulez que je comprenne bien la situation et que je vous défende bien ! »

Ce n'était pas faux, mais je voyais bien que mes confrères ne s'embarrassaient pas de tant de détails. « On n'est pas psy, on va à l'essentiel : vous voulez divorcer ? Parfait ! Vous voulez la garde des enfants ? Elle aussi ? On va se battre ! À la limite, tu enrobes un peu en donnant l'impression d'écouter, mais tu ne te prends pas la tête avec les problèmes des gens ! »

Ce temps que je consacrais à l'écoute ne venait-il pas satisfaire une curiosité pour la vie conjugale des autres qui relevait presque de la fascination ? Dès le début de ma carrière, j'avais constaté que mes clients m'ouvraient une porte sur leur intimité et m'autorisaient à entrer dans leur chambre. Au début, je n'avais pas conscience de cet attrait particulier, je le voyais comme une simple distraction, comme la détente que procure la lecture d'un magazine people, puis j'ai compris que je ne pouvais pas me passer de ces intrusions qui semblaient bien légitimes aux yeux de mes clients. « Votre avocat doit tout savoir de vous pour vous défendre au mieux et être votre voix devant le juge. Votre avocat est tenu au secret professionnel le plus strict et rien ne sortira de cette pièce. »

Ma psy – puisque j'avais fini par me résoudre à aller consulter – avait cru trouver la clef de mon fonctionnement en m'affirmant à la fin d'une séance : « Vous êtes devenue la porte-parole de ceux qui ne peuvent s'exprimer parce que vous êtes la voix de celle qui s'est tue. » Elle parlait de ma sœur et j'en étais restée comme deux ronds de flan. Non parce que j'avais eu une révélation, mais parce que j'avais, comme d'habitude, trouvé son raisonnement tellement alambiqué. Non, je n'étais pas la voix de ma sœur, j'étais peut-être celle qui parlait mais j'étais surtout celle qui écoutait et qui se délectait d'écouter les autres, de les questionner. J'étais devenue avocat mais j'aurais pu être psy, j'aurais dû être psy si mes parents ne m'avaient pas poussée vers les études de droit. Je n'avais aucun attrait pour la plaidoirie, ce que j'aimais dans mon métier était ce travail dans l'intimité du cabinet. Plaider était une corvée et me provoquait souvent d'horribles migraines.

Le client de ce matin avait l'air hautain et fermé, pas très enclin à raconter sa vie. Il m'a indiqué qu'il souhaitait en terminer rapidement et qu'il allait abandonner tous ses biens à son épouse : sa part de la maison, les meubles, la plus grosse voiture. J'ai senti qu'il devait avoir beaucoup à se reprocher et je l'ai incité à me raconter son histoire.

« Vous n'êtes pas obligé de tout laisser, vous avez droit à votre part. Vous pensez qu'elle refusera le divorce si vous ne cédez pas là-dessus ? »

Il a trépigné du pied droit en haussant les épaules. J'ai repris :

« Vous la connaissez, tout de même ! Je ne pourrais pas vous guider si vous ne me racontez pas un peu votre vie... »

Après avoir résisté pendant un bon quart d'heure en me répondant :

« Rien de spécial... Comme tous les couples. Tout allait bien et puis la routine s'est installée... »

Il m'a avoué qu'il avait rencontré une jeune femme depuis trois mois et m'a livré toute son histoire.

J'ai ressenti un curieux mélange de bien-être à avoir satisfait ma curiosité et un fond d'angoisse en pensant à l'abandon de cette femme que je ne connaissais pas mais que le récit de son mari m'avait rendue proche.

J'imaginais sa douleur à l'annonce de la réalité, son impuissance face à l'attirance de son mari pour une jeune femme, la nécessité de renoncer à tout ce qui avait fait sa vie jusqu'à maintenant.

J'allais rédiger la requête en divorce qu'elle recevrait, dont la froideur juridique la déchirerait, qu'elle froisserait de rage et récupérerait dans la poubelle pour la confier à un de mes confrères qu'elle chargerait de se battre et d'obtenir une prestation compensatoire. J'aurais pu être cet avocat, le hasard avait dirigé son mari vers mon cabinet. J'avais un temps d'avance sur elle car son époux m'avait laissé entrevoir les tourments de son esprit et m'avait chargée de l'en délivrer. Je détenais les clefs qui le libéreraient mais je frissonnais en pensant à ce que j'allais commettre.

L'enfermement

Ce n'était que promenades, que parties de chasse et de pêche, que danses et festins, que collations.

Le parc avait abrité une roseraie magnifique. Nous avions retrouvé quelques souches de vieux rosiers sous la végétation, en débroussaillant. Ils étaient disposés en deux larges bandes encadrant une allée.

J'aimais les roses, spécialement les roses rouges, et j'avais acheté plusieurs rosiers que nous avions plantés à l'automne. Ils se développaient de façon impressionnante. Le plus rouge était couvert de fleurs et de boutons.

Je passais du temps dans le parc à les tailler, à désherber les terrasses et les allées, à arroser les bacs de géraniums et de pétunias qui ornaient les fenêtres.

Entre le travail dans le parc, le ménage, mon activité au cabinet, je sortais peu. Tout au plus une fois par semaine pour aller faire de grosses courses qui nous permettaient de tenir la semaine. Je faisais des provisions de légumes et de fruits, et B. sortait s'approvisionner en viande et en poisson que je refusais d'acheter.

J'avais fait l'acquisition d'une machine à pain car nous aimions manger du pain toujours frais sans avoir à aller à la boulangerie. Je lui avais même suggéré que nous mettions en place un potager et plantions quelques arbres fruitiers qui nous nourriraient l'année suivante.

B., qui était très occupé par ses coachings et la tonte des pelouses, ne sortait plus guère non plus.

Nous nous croisions dans les couloirs ou dans le parc plusieurs fois par jour. Lorsque je préparais un déjeuner, je lui envoyais un message afin de savoir s'il avait le temps de le partager avec moi. Le soir, nous dînions ensemble, la plupart du temps sur une des terrasses, depuis qu'il faisait beau. Nous pouvions rester dehors très tard car les murs du château renvoyaient la chaleur emmagasinée pendant la journée et nous n'avions jamais froid. B. me répétait souvent : « On est bien chez nous, tu ne trouves pas ? »

Je sentais que nous nous installions dans ce lieu, que nous prenions nos marques depuis que les travaux étaient terminés et que nous avions enfin pu ranger nos affaires.

J'aimais la quiétude de l'endroit et l'absence de voisinage me convenait, finalement. J'avais l'impression que mon angoisse d'habiter un lieu isolé s'apaisait. Peut-être parce que B. était présent, peut-être parce qu'aucun des phénomènes étranges que j'avais pu redouter ne s'était produit.

Je n'avais encore croisé aucun fantôme dans les couloirs.

Je continuais de surveiller le téléphone de B. J'avais acquis une dextérité pour m'en saisir et le consulter très rapidement. Je savais où fouiller. Il échangeait toujours sur le même site de rencontres, recevait et envoyait de multiples messages sans qu'aucun prénom ne revienne plus souvent. J'avais noté quelques rendez-vous en journée qui avaient dû être très furtifs car B. s'absentait rarement plus d'une heure. La surveillance que j'exerçais était quotidienne, le soir il laissait traîner son téléphone pour aller arroser les fleurs ou prendre sa douche. J'avais soin de bien observer la position du téléphone et je le reposais sans qu'il s'en rende compte.

Du moins, je le croyais.

Lors de ces longues soirées de juin, nous restions dans le silence. Seuls nous parvenaient les cris de quelques rapaces nocturnes. Nous dînions à la lueur du clair de lune qui projetait nos ombres sur la façade du château. J'avais refusé à B. de poser un photophore sur la table car les papillons de nuit venaient se jeter dans le feu et je ne supportais pas d'assister à ce carnage. Il avait renoncé à voir précisément le contenu de son assiette, tout en me faisant la réflexion que le destin de ces insectes était de se brûler les ailes, inéluctablement.

Le bain

Elle y descendit par un petit escalier dérobé.

Je retrouvais le plaisir de prendre des bains après en avoir été privée pendant des mois. Durant les travaux, nous avions utilisé les douches des vestiaires et j'avais attendu avec impatience l'achèvement de la salle de bains attenante à notre chambre. Nous avions choisi d'y faire installer une baignoire d'angle avec de larges rebords pour y poser des objets de décoration et des bougies.

Lorsque j'avais passé des heures à rédiger des conclusions, je m'accordais cette pause : j'ouvrais le robinet en forme de cascade, je m'agenouillais pour allumer les bougies, je versais quelques gouttes d'huile essentielle de lavande dans l'eau et inspirais plus profondément pour laisser cette odeur d'enfance et de propre m'envahir. J'avais conscience de retrouver la senteur de l'eau de toilette Bien-être que ma mère achetait au supermarché et dont elle me frictionnait parfois après le bain.

Puis je me déshabillais et entrais dans l'eau. Elle était bien trop chaude. J'étais incapable de trouver la juste température avant d'y plonger mon corps : je versais d'abord l'eau brûlante, puis froide et, sur ma main, la température me semblait toujours idéale alors qu'elle était bouillante. Je crois que je cherchais cette brûlure lorsque, fléchissant les genoux pour descendre m'asseoir au fond de la baignoire, l'eau me cuisait les fesses et le bassin. Un frisson parcourait mon dos, remontant du bas de la colonne vertébrale jusqu'aux cervicales et, avec lui, les réminiscences des bains dans la baignoire sabot de notre maisonnette de la vallée de Chevreuse.

Cette baignoire était si singulière, les salles de bains de mes camarades étaient équipées de douches ou de longues baignoires. Personne ne se baignait dans une cuve carrée et profonde. Je ne pouvais déplier mes jambes et restais assise, les genoux fléchis, le regard sur mon ventre dans une position quasi fœtale. J'aimais demeurer ainsi, laisser l'eau refroidir jusqu'à ce que ma mère m'enjoigne de sortir, craignant que je ne prenne froid.

Chaque fois que j'entrais dans un bain, je retrouvais le frisson des bains dans la baignoire sabot et j'avais la sensation de tremper dans la même eau.

Ce soir-là, je me suis laissé bercer longtemps entre mon passé et ma vie au château et, lorsque j'ai regardé l'heure sur mon téléphone posé sur le rebord, je suis sortie vivement en voyant que l'heure du dîner était largement dépassée et que B. ne m'avait pas appelée.

La revenante

Cela le rendait si laid et si terrible, qu'il n'était ni femme ni fille qui ne s'enfuît devant lui.

En traversant le salon, j'ai aperçu mon reflet dans le grand miroir de la cheminée et j'ai sursauté. J'avais enfilé le peignoir de B. à la hâte, je ne m'étais pas recoiffée et, mon téléphone à la main, je devais ressembler à une revenante qui aurait erré dans les couloirs. Cette pensée m'a fait sourire et j'ai eu envie de la partager avec B.

J'ai ouvert la porte qui menait à la salle de sport et j'ai constaté que les lumières étaient éteintes. Il n'était pas dans la cuisine ni sur la terrasse. Je suis sortie sur le parking et j'ai vu que sa voiture n'y était plus. La nuit tombait.

Il ne sortait pas le soir sans m'aviser. Peut-être était-il parti dans l'après-midi et pas encore rentré ?

Je me suis assise sur un banc de pierre. De cet endroit j'apercevais le portail. J'ai regardé mes SMS et consulté mes messages, rien. J'ai jeté un œil aux comptes Messenger et Whatsapp de B. pour voir s'il s'était connecté récemment, rien depuis trois heures. Je suis restée sur le banc à consulter Facebook pour passer le temps mais j'ai senti que rien ne pouvait me distraire de mon inquiétude. Et moi qui pensais qu'il ne sortait plus ! Je lui en ai voulu de me laisser seule alors que le jour descendait. Peut-être était-ce l'effet du bain, mon corps était parcouru de désagréables frissons qui surgissaient du passé.

La lumière déclinante imprimait une couleur grise assez sinistre au paysage, le chant des oiseaux paraissait s'éteindre douloureusement, l'air tiède que je respirais charriait un relent de moisissure.

Alors que le bain m'avait enveloppée de toute la douceur de mes premières années, cet instant d'après imprégnait mon corps des exhalaisons d'angoisse de mon adolescence.

Je me revoyais seule dans le jardin d'Orsay, mes parents étaient partis rendre visite à des amis et je les attendais dehors en grelottant pour échapper au fantôme qui me menaçait à l'intérieur. Dehors j'avais froid mais dedans j'avais peur. Je ne trouvais aucune place où me réfugier, je n'avais aucune place.

Je suffoquais à l'intérieur de cette maison. J'avais pourtant insisté auprès de mes parents pour déménager à la campagne, loin de l'appartement parisien empli de la présence de ma sœur, mais les quelques bibelots et photos qu'ils avaient conservés irradiaient dans toute la maison. J'aurais été bien incapable alors d'exprimer que leur présence me gênait, ils étaient là, ils faisaient partie de notre quotidien, mais ils étaient animés de l'insondable mystère de sa disparition.

Lorsque la nuit tombait et que j'étais seule dans la maison, une peur panique s'emparait de moi, la peur que surgisse de l'ombre d'une pièce ou d'un placard une présence que je n'identifiais pas. Une force qui aurait attendu, tapie dans un recoin, que je sois seule pour me sauter dessus. Je n'imaginais rien de plus, je ne voyais aucun visage. Mais je devais sortir de la maison pour me protéger, dehors elle ne pouvait pas m'atteindre, dehors il faisait froid mais je respirais.

Aujourd'hui, je frissonnais devant le château alors qu'aucun fantôme de mon passé n'y demeurait. Était-il peuplé de nouveaux spectres ?

J'ai entendu un bruit de moteur et j'ai aperçu la silhouette de la voiture de B. qui descendait l'allée. J'ai regardé l'heure sur mon téléphone, il était vingt-deux heures. Lorsqu'il a pris son virage pour entrer dans la propriété, la lumière de ses phares est venue balayer une partie du parc et le recoin où je m'étais assise. J'ai eu l'impression qu'il soulevait le voile gris qui s'était déposé sur moi pendant cette attente. L'instant qui succédait à l'autre lui faisait perdre sa noirceur, venant le colorer d'une teinte imprévisible.

Je me suis levée vivement et me suis recoiffée à la hâte. Il est sorti du véhicule et, m'apercevant sur le parking, s'est approché.

« Mais qu'est-ce que tu fais dehors en peignoir ? »

Je n'ai pas voulu lui avouer que je l'attendais et que j'avais peur.

« J'allais voir mes roses, je voulais en cueillir quelques-unes.

– En pleine nuit, sans sécateur, à mains nues ?! »

J'ai haussé les épaules et tourné les talons.

Il m'a crié :

« Tu ne veux pas savoir où j'étais ? »

La honte

S'il vous arrive de l'ouvrir, il n'y a rien que vous ne deviez attendre de ma colère.

J'ai emprunté l'escalier qui montait à notre chambre, B. sur mes talons. Il a répété :

« Tu ne te demandes pas où j'étais ? »

Une fois dans la chambre, j'ai baissé la garde, je me suis assise sur le lit.

« Si, je commençais à m'inquiéter… »

Il est alors entré dans une colère soudaine et s'est mis à crier :

« J'étais avec un garçon, je couchais avec lui parce que, que tu le veuilles ou non, je suis homosexuel ! Et tu ne peux pas m'empêcher de vivre ma vie ! »

Je suis restée sans voix, je ne m'attendais ni à ces déclarations ni à cette colère. Il a repris :

« Tu voudrais m'enfermer, tu voudrais m'empêcher de vivre ! Mais je sors si je veux, quand je veux, avec qui je veux. Toi, si ça te fait plaisir de rester enfermée ici, c'est tant mieux pour toi ! »

Il a prononcé ces mots en avançant vers moi puis a vacillé et s'est retenu à la commode. J'ai compris qu'il était ivre. Il buvait à chaque repas, beaucoup de vin, et il encaissait plutôt bien. Il avait dû boire vraiment beaucoup pour tituber ainsi ou consommer un alcool fort qu'il ne supportait pas. Je me suis levée, j'ai voulu poser mes mains sur ses épaules pour le calmer et il m'a repoussée vivement, me faisant chuter sur le lit. Il n'avait jamais été violent avec moi. Mon peignoir s'est ouvert, il a découvert mon sexe et B. a tourné les talons en faisant une grimace.

Je me suis relevée et j'ai crié :

« Non mais, tu es malade ! Qu'est-ce que j'ai fait, qu'est-ce que tu me reproches ? »

Il est revenu sur ses pas et, se tenant au-dessus de moi, a sifflé entre ses dents :

« J'en ai marre que tu m'espionnes. Tu crois que je n'ai pas vu que tu fouillais dans mon téléphone ? À partir de maintenant c'est terminé ! »

Il a sorti son téléphone de la poche de son jean et l'a brandi.

« Regarde ! Tu l'as bien vu ? À partir de maintenant, il est fermé, *closed* ! »

Il m'a mis l'objet sous le nez.

« Tu pourras toujours essayer, chercher le code mais tu ne rentreras pas. Il est verrouillé, définitivement verrouillé ! »

Il l'a jeté sur le lit à côté de moi et est parti d'un grand éclat de rire.

« Je vais prendre ma douche, je vous laisse en tête à tête, amusez-vous ! » Et il est sorti de la chambre en se retenant au chambranle de la porte.

Je n'ai pu m'empêcher de regarder le téléphone qui avait atterri sur un coussin du lit. La honte d'avoir été découverte m'empêchait de réagir. Sa violence m'avait surprise, sa réaction de rejet m'avait humiliée. Ses reproches m'avaient cloué le bec. Je me sentais encore plus honteuse que lorsqu'il avait jeté ce regard glacial sur ma nudité quelques instants plus tôt. Un sentiment d'impuissance est venu s'ajouter à cette honte : ainsi une part de la vie de B. me resterait désormais inaccessible et cachée.

La nuit

Voilà celles de mes coffres-forts, où est mon or et mon argent.

Je me suis enroulée dans le drap et j'ai attendu, ne sachant si B. viendrait se coucher dans notre lit. Il a finalement regagné la chambre à grands bruits, se cognant dans la commode, jurant, et s'est laissé choir à côté de moi. Il s'est endormi aussitôt en ronflant à faire trembler les murs du château. Son haleine empestait l'alcool. J'ai su que je ne parviendrais pas à trouver le sommeil. Son attitude, les phrases qu'il avait prononcées tournaient en boucle dans ma tête.

Pourquoi m'avait-il révélé avoir passé la soirée avec un garçon ? Était-ce mon attitude qui l'y avait poussé lorsqu'il avait découvert que je regardais son téléphone ? Et savait-il depuis longtemps que j'espionnais ses messages ?

Il me reprochait de l'enfermer alors qu'il m'affirmait l'avant-veille aimer notre vie ici, s'occuper du jardin, apprécier le calme, la tranquillité de notre domaine.

Et sa violence... Je sentais encore l'empreinte de ses mains sur ma poitrine et le rebond de mon corps sur le lit. J'oscillais entre la sidération, la colère et la honte. Cette agressivité avait été si soudaine, j'avais été surprise par sa réaction inhabituelle et je lui en voulais terriblement. Et je m'en voulais à moi-même de n'avoir pas riposté, d'être restée allongée sur le lit et d'être toujours là, couchée dans le même lit. Il avait été méprisant et je sentais que le souvenir de son regard sur mon corps me blessait bien plus encore que celui de sa violence physique.

Avec qui avait-il passé la soirée ? Cette question m'obsédait. Je repensais aux derniers messages que j'avais pu lire, aux derniers échanges sur des sites de rencontres. Avais-je observé un nom qui revenait ? Je n'avais plus que les souvenirs de mes dernières incursions et je n'aurais rien d'autre dorénavant.

J'ai ressenti un vertige à l'idée que je ne pourrais plus rien savoir de sa vie, que ce téléphone, qui me permettait de pénétrer dans cette existence cachée, me resterait fermé. J'ai éprouvé la même angoisse que face à une porte close, la même angoisse que pendant ces crises d'évanescence : je ne supportais pas cet enfermement. Mais là, je n'avais pas peur de ne pas pouvoir sortir, mais de ne pas pouvoir entrer. Ainsi, je me trouvais toujours seule devant une porte fermée à lutter de façon insensée. Il fallait que j'entre à l'intérieur, il fallait que je trouve le code d'accès, il devait bien exister un moyen technique de me le procurer.

Sinon, j'allais disparaître.

Vers quatre heures du matin, alors que je me repassais la scène pour la centième fois, m'est revenu le geste de B. qui m'avait lancé son téléphone et l'avait laissé sur le lit. Et ses paroles : « Tu pourras toujours essayer, chercher le code… » J'ai tâtonné en direction de l'oreiller, il avait glissé entre nos deux places. B. était sûrement trop soûl pour avoir pensé à le récupérer et à le poser sur sa table de nuit.

Ses propos me sont revenus d'un coup alors que j'avais pensé toute la nuit à ses interdictions proférées dans la violence. Finalement, m'incitait-il à fouiller, à le découvrir, que signifiaient toutes ces provocations ?

Le profil

C'est, n'en déplaise au sexe, un plaisir bien léger ; dès qu'on le prend il cesse d'être. Et toujours il coûte trop cher.

À peine éveillée, j'ai ressenti une immense colère, presque de la fureur. Ce sentiment a balayé la honte que j'avais éprouvée. Je trouvais le comportement de B. injuste et sa violence inadmissible. Je n'entendais pas me laisser faire : je n'avais plus accès à son téléphone mais j'allais contre-attaquer.

Une idée a surgi de cette agitation : si je ne pouvais plus m'introduire dans son téléphone, je pouvais entrer dans son application de rencontres.

J'allais me créer un faux profil sur Grindr et entrer en contact avec B.

Ou peut-être tenterait-il lui-même de m'approcher ?

J'ai attrapé mon portable et téléchargé l'application. Le logo de l'appli est apparu sur mon écran : un masque jaune sur fond noir qui traduisait bien mon intention : j'avancerais masquée. J'ignorais ce que je voulais vraiment : le piéger ? Lui montrer que je pouvais contourner ses interdits ?

J'ai jeté un coup d'œil à la présentation du site dont le principe était la géolocalisation : « Découvrez les personnes à proximité, marquez vos favoris d'une étoile et bloquez les autres. Filtrez votre recherche pour trouver ce que vous voulez. »

Les termes du contrat étaient secs, précis et de nature à satisfaire mon désir.

J'allais devoir me créer un profil pour commencer. J'ai cherché un pseudo qui pourrait plaire à B. : assez chic mais pas trop vieillot. Andrew m'est venu à l'esprit, un prénom anglo-saxon pourrait attirer son attention. Non, pas Andrew, Andy.

Il fallait que je trouve un physique attirant pour cet Andy. Sans exagérer non plus, au risque de paraître faux. J'imaginais que beaucoup de types devaient utiliser des photos usurpées ou des filtres trompeurs et il fallait que je me fonde dans la masse tout en me faisant remarquer de B.

J'ai fait défiler des photos d'hommes sur Google. Avec cette entrée n'apparaissaient que des photos de mannequins. J'ai corrigé ma requête en entrant « photos d'hommes ordinaires ». Une banque photographique m'a proposé des portraits d'hommes en chemise à carreaux, au crâne dégarni, ou de papis avachis dans un fauteuil. Décidément, il était compliqué de trouver la bonne image. J'ai continué de faire défiler les portraits. Un brun d'une quarantaine d'années en plan américain m'a paru acceptable : il ne semblait pas sorti d'un magazine, il était vêtu d'un pull noir à col châle et avait le regard perdu dans le vague.

Il pourrait plaire à B. J'ai pensé : c'est son genre…

Je devais maintenant me décrire et exposer mes intentions. Les termes du site étaient : « partager mes centres d'intérêts et bien plus ».

J'oscillais entre la naïveté et le goût de la provocation : pouvait-on exposer clairement ses goûts en matière de pratiques sexuelles ?

J'ai senti que je me confrontais à un monde inconnu dont les codes m'échappaient totalement. Je ne voulais rien laisser au hasard. J'ai cherché des conseils pour créer un bon profil sur ce genre de site : le premier était de choisir une photo réelle et seul pour illustrer son profil, puis de parler de soi vraiment et enfin de ne pas jouer au faux célibataire.

J'ai donc rédigé une courte bio en observant mon portrait masculin et en le laissant m'inspirer. Ce grand brun serait prof (je laissais planer le mystère sur sa spécialité), sportif, en couple (je n'indiquais pas s'il était en couple avec un homme) cherchant des aventures en toute discrétion.

Les termes que j'employais me semblaient vagues et sans doute trop classiques mais je ne parvenais pas à trouver mieux.

Je n'étais pas satisfaite de mon profil que je trouvais faux et banal.

Je suis descendue me préparer un thé à la cuisine pour me donner le temps de la réflexion.

Il m'est apparu une difficulté à laquelle je n'avais pas songé avant : si je voulais me connecter sur l'appli, il faudrait que je m'éloigne du château, que je parte à plusieurs kilomètres et même que je me rende dans la ville la plus proche car B. ne devait pas pouvoir me géolocaliser à côté de lui. Il n'y avait que des bois et des champs sur des kilomètres, et Andy ne pouvait pas vivre au milieu d'un désert.

Et lorsque je serais dans le château, il faudrait que je pense à désactiver ma géolocalisation.

Je devrais envoyer mes messages et attendre d'en recevoir dans ma voiture stationnée en ville. Je ne pourrais pas y passer des heures et je risquais de ne pas pouvoir répondre aux sollicitations et de laisser passer les occasions d'entrer en contact avec B.

Utiliser ce genre d'appli était une occupation à plein temps si l'on voulait être efficace, d'après ce que je constatais des habitudes de B.

Je me suis sentie découragée par la complexité de la tâche. Mon stratagème m'a semblé vain : fallait-il que je dépense autant d'énergie pour un si piètre résultat ?

Bien sûr, cette idée de pouvoir me cacher derrière ce masque pour observer B. me séduisait. Je frémissais en pensant à la phase d'approche, aux questions personnelles que nous allions nous poser, à l'intimité qui allait se créer entre nous. Aux messages échangés à tout moment de la journée, qui viendraient nous surprendre et faire monter notre désir. B. voudrait sûrement obtenir un rendez-vous rapidement, découvrir le garçon que j'étais. Et que se passerait-il alors : je me déroberais ? Je viendrais pour provoquer une scène et lui crier à la figure : « C'est moi, tu vois, ce n'est que moi ! »

Une sorte de malaise vague m'a envahie. Mon thé m'écœurait, je l'ai laissé sur la table de la cuisine et suis remontée dans la chambre.

J'ai repris mon téléphone en main et j'ai fixé le portrait d'Andy. J'essayais de trouver une réponse dans ce regard lointain.

J'ai maintenu mon doigt appuyé sur le petit masque orange. Toutes les icônes ont tremblé sous mes yeux et Andy a disparu de l'écran.

L'anniversaire

On ne dormait point, et on passait toute la nuit à se faire des malices les uns aux autres.

La semaine suivante, nous nous sommes évités. Dans une si vaste demeure, il n'était pas compliqué de ne pas se croiser. B. quittait nos appartements très tôt pour rejoindre son lieu de travail et je restais enfermée dans mon cabinet sans sortir pour déjeuner. Je n'avais pas faim, l'angoisse me coupait l'appétit.

Le soir, je l'entendais s'entraîner seul dans la salle de musculation, le bruit métallique de la chute des poids et ses râles déchiraient le silence. Je montais prendre un bain et me couchais tôt.

Il devait conserver son téléphone sur lui, je ne le voyais plus traîner nulle part.

J'ai pensé avoir une explication avec lui, revenir sur ses propos, son attitude, lui faire part de mon inquiétude qui pouvait justifier que j'aie fouillé dans son téléphone. J'avais préparé plusieurs discours, lui demandant tantôt de me pardonner, tantôt de s'excuser de m'avoir bousculée. Mais je n'avais pas l'énergie d'aller à sa rencontre et d'avoir une conversation. Je me sentais terriblement fatiguée. Et plus les jours passaient, plus je m'affaiblissais, mangeant et dormant peu. Cet abattement m'empêchait de réfléchir et sans doute de souffrir davantage.

Le vendredi soir, j'attendais une cliente dans mon cabinet en relisant son dossier lorsque j'ai été prise d'un vertige. Je me suis laissée aller, la tête entre les mains, sur mon bureau. J'ai décidé d'annuler le rendez-vous et de monter m'allonger. Je rentrais rarement aussi tôt. Je me suis couchée, volets ouverts. Le soleil inondait le parc, j'apercevais ma roseraie. Un vent léger balayait les fleurs et les décoiffait. Les pétales venaient se déposer sur la pelouse et former un tapis rouge.

En admirant ce jardin, j'avais souvent le sentiment que tout était à sa place. Et je me disais : « Tout pourrait être parfait si... »

J'ai dû m'assoupir et j'ai été réveillée par le claquement de la porte de l'appartement. J'ai entendu des pas dans le couloir. La porte s'est ouverte et B. est apparu dissimulé derrière un énorme bouquet de roses rouges.

Il a chuchoté :

« Tu dormais ? Je te dérange ? »

Voyant mon air stupéfait, il a murmuré :

« Joyeux anniversaire, mon amour... »

J'avais oublié notre anniversaire, celui de notre premier rendez-vous. Pour la première fois, je l'avais oublié.

J'ai souri en demandant :

« Tu as cueilli des roses dans le jardin ?

– Bien sûr que non, je suis passé chez le fleuriste tout à l'heure. Ce sont tes préférées, les Red Darkness.

– Je sais, je plaisantais, tu as vu cette pluie de pétales rouges dans le parc ? »

Je me suis levée et nous avons regardé ensemble par la fenêtre. La pelouse était parfaitement verte, le vent avait dû entraîner plus loin les pétales rouges. B. m'a offert le splendide bouquet, puis me l'a repris délicatement des mains pour le déposer sur le lit et m'a serrée dans ses bras en me murmurant :

« Je t'aime, je t'aime depuis si longtemps... quinze années à tes côtés. Pardon si je t'ai fait du mal... »

Le palimpseste 2

Les voisines et les bonnes amies n'attendirent pas qu'on les envoyât quérir pour aller chez la jeune mariée.

La soirée est venue effacer les affres de la précédente. Comme si chaque geste, chaque parole de B. étaient venus gommer les injures proférées et s'inscrire à leur place. Mon esprit était un palimpseste. Il n'était pas difficile d'effacer le mal qui s'y était imprimé par de petites attentions, en m'offrant un cadeau ou en m'apaisant avec des mots gentils. Pour quelques heures, j'étais tout à mon bonheur, mon corps retrouvait des forces, je pouvais manger, boire et rire, redonner toute ma confiance.

B. m'a déshabillée et m'a fait l'amour, puis il a sorti du réfrigérateur un repas commandé chez le traiteur et nous avons dîné sur la terrasse où il avait dressé une jolie table comme il le faisait à chacun de nos anniversaires. La lune nous éclairait et nous avons fait un tour dans le parc avant de monter nous coucher. Il m'a murmuré : « Tu vas bien dormir cette nuit », je me suis assoupie entre ses bras et j'ai dormi d'un sommeil calme et sans rêves.

B. m'apaisait et je n'avais pas envie de revenir sur l'incident ni sur aucun sujet difficile.

Le lendemain, un mariage avait lieu au château. J'ai assisté depuis ma fenêtre à la mise en place des buffets sur la terrasse, à l'arrivée des mariés et des invités. Le soleil brillait, tout était parfait.

B. s'est occupé de tout, je l'ai vu accueillir les convives, diriger les serveurs pour qu'ils disposent des chaises supplémentaires et des parasols. Il est monté me chercher à midi.

« Les mariés voudraient que nous allions boire une coupe de champagne avec eux, tu viens ? »

J'ai passé une robe ivoire, des escarpins et me suis fait un chignon à la hâte. Nous avons descendu le grand escalier et, lorsque nous sommes apparus sur la terrasse, les invités se sont tournés vers nous. Des murmures se sont élevés, B. m'a pris la main et m'a entraînée vers le buffet. Une femme âgée m'a arrêtée dans mon élan.

« C'est vous les châtelains ? Vous en avez de la chance de vivre dans un château ! »

B. lui a souri.

« C'est vrai, vous avez raison. »

Elle a repris :

« Vous êtes un couple magnifique ! Quand vous avez descendu l'escalier, on aurait pu vous prendre pour les mariés, vous avec votre robe blanche et votre mari tellement chic… »

La femme a continué de sa voix chevrotante :

« Je suis la marraine de la mariée. Quand elle m'a dit que le mariage avait lieu dans un château, j'étais tellement contente, je me suis dit qu'on allait vivre un conte de fées ! »

J'essayais de me dégager en lui souriant, mais elle me tenait toujours le bras.

« Quand vous étiez petite, vous n'aviez pas l'impression d'être la Belle au bois dormant ? Ça doit être tellement merveilleux de grandir dans un château… »

J'allais lui dire que je n'avais pas grandi ici, quand elle a repris :

« C'est la première fois que je rencontre une vraie princesse, moi mes pauvres parents, – paix à leur âme – n'avaient pas d'argent mais il y avait un château dans mon village et j'étais amie avec la fille des gardiens. Quand les châtelains n'étaient pas là, elle m'invitait et on courait dans les couloirs. Il y avait un fantôme qui nous poursuivait. C'était le fantôme de la femme de l'ancien châtelain. Les gens du village disaient qu'il l'avait tuée et qu'elle revenait le hanter. »

B. avait tourné le dos aux délires de la vieille femme et semblait chercher quelqu'un du regard. Un jeune homme est venu vers nous.

« Allez tatie, venez avec nous pour la photo ! »

Il a tendu la main à la femme et m'a dit tout bas :

« J'espère qu'elle ne vous a pas embêtée, elle perd un peu la tête… »

Elle s'est tournée vers lui.

« Tu crois que je ne t'entends pas ? Non, je ne perds pas la tête. Tu verras à mon âge, toi aussi tu parleras du passé, tu parleras des morts. »

Et s'adressant à moi :

« J'ai été ravie de faire votre connaissance. Vous êtes très belle et vous allez vous marier et avoir beaucoup d'enfants ! »

B. a repris ma main.

« Tu es toute pâle, ma chérie… Ce ne sont pas les élucubrations de cette vieille folle qui t'ont secouée, tout de même ? Allons boire un verre ! »

Je l'ai laissé m'entraîner vers le buffet, nous avons trinqué avec les mariés qui exultaient et savouraient cette journée si parfaite dans un cadre enchanteur.

J'ai croisé le regard de la vieille femme qui me fixait à l'autre bout de la terrasse mais j'ai refusé de me laisser envahir par l'inquiétude et la mélancolie.

La poire

Elle se jeta aux pieds de son mari, en pleurant et en lui demandant pardon.

Le lendemain, une fois le grand ménage terminé, j'ai senti comme un regain d'énergie. B. avait entrepris de tailler une haie et j'ai décidé de faire un gâteau pour le dîner.

La pâtisserie venait souvent consoler ma mélancolie. Pour une fois, elle accompagnerait un instant heureux. Le calme régnait, B. était de nouveau très occupé par son travail et par le jardinage. Il était tendre et aimant. J'avais envie de lui témoigner de petites attentions.

J'avais acheté des poires, alors que ce n'était pas la saison, et j'avais décidé de faire un clafoutis. Un gâteau simple, facile et rapide à réaliser. Un gâteau que faisait ma mère.

Je me suis assise à la table de la cuisine. Je voyais B. aller et venir dans le parc. J'ai commencé à éplucher une poire. J'entamais la chair en partant de la queue et en faisant glisser mon couteau le long des courbes du fruit. Je les avais choisies un peu trop fermes et mon épluchure était trop épaisse, j'ai entendu la voix de ma mère m'en faire la remarque. Je gâchais une partie du fruit avec ma maladresse.

J'ai revu ces instants dans la cuisine de notre maison de la vallée de Chevreuse, la table en Formica vert pâle, l'odeur des fruits qui montait du cellier, celle des plats qui mijotaient sur la cuisinière à gaz, ma mère en tablier à fleurs qui allait et venait, qui touillait, qui malaxait la pâte, le son de la radio, le générique de *Radioscopie* de Jacques Chancel, la voix de ma mère : « Tu épluches trop gros, regarde tout ce que tu laisses sur l'épluchure ! » Son sourire, son parfum de rose.

La douceur de ces souvenirs. Nous vivions dans les vieux meubles des années cinquante, ceux que ma sœur avait connus, ma mère était une femme de ce temps, mon père n'avait pas souhaité qu'elle exerce un emploi et elle avait sans doute tiré le meilleur parti de cette situation, trouvant plaisir à cuisiner et à s'occuper de la maison. Elle était une excellente cuisinière, une pâtissière hors du commun. Elle était une femme d'intérieur.

Elle aimait me voir me régaler. Elle me couvrait d'attentions. Elle me couvait trop, me surprotégeait, j'avais souvent étouffé sous le poids de son inquiétude. Mon père travaillait beaucoup et elle veillait sur moi, sur ma santé, jour et nuit.

J'étais gâtée, une enfant gâtée, pourrie-gâtée, me disaient souvent mes copines à l'adolescence, avec un air envieux devant les derniers vêtements à la mode que m'offraient mes parents, ma chaîne stéréo, tous les disques que je pouvais m'acheter avec mon argent de poche.

Un jour, ma grand-mère maternelle m'avait dit en faisant un clin d'œil à ma mère : « Toi, tu comptes double ! » J'avais compris son allusion. Je n'avais rien fait pour mériter cet amour, à part être là, à la place de ma sœur. Je n'étais pas particulièrement aimable, j'étais là.

Mais j'avais profité de cette affection, je m'en étais nourrie, j'avais baigné dans cette eau tiède. J'avais vécu dans la douceur et le dévouement de ma mère, ma mère qui sentait si bon, ma mère qui m'avait rassasiée de ses pâtisseries et de sa tendresse. Ma mère qui, lorsqu'elle me grondait, souriait et me serrait dans ses bras. Je me souviens que, lorsqu'elle prononçait ces mots : « Tu fais de trop grosses épluchures avec ton couteau ! », elle se penchait vers moi, je sentais son souffle et son baiser et sa voix douce qui murmurait : « Mais ce n'est pas grave ma chérie… »

Dans les jours heureux me revenaient les jours heureux. Ils venaient recouvrir de tout leur éclat les souvenirs des nuits sombres.

Mes doigts se sont enfoncés dans la poire suivante lorsque je l'ai saisie dans le sachet, elle avait un côté très abîmé. *Pourri-gâté*, j'ai pensé. Je l'ai coupée en deux et j'ai sauvé le bon côté que j'ai tranché et disposé au fond du moule à clafoutis.

B. est entré dans la cuisine alors que le gâteau était dans le four et que son odeur vanillée avait envahi le rez-de-chaussée. Il est venu m'embrasser dans le cou en interrogeant :

« Hmm, qu'est-ce que tu nous fais de bon ?

– Un clafoutis, pas très original…
– Je ne m'en lasse pas, tu les réussis tellement bien ! »

Après avoir terminé la vaisselle, j'ai aperçu sur la table le téléphone que B. avait oublié en sortant. Je me suis approchée pour le saisir, puis j'ai marqué un temps d'arrêt. B. allait sans doute s'en rendre compte et revenir sur ses pas. Avais-je envie de troubler cette fin de journée si parfaite ?

La canicule

Vous n'en savez rien, reprit la Barbe-Bleue, je le sais bien, moi ; vous avez voulu entrer dans le cabinet !

L'été s'annonçait caniculaire et les premiers jours de juillet étaient étouffants. B. m'avait rappelé à plusieurs reprises que nous ne pourrions pas prendre de congés. J'avais espéré que nous pourrions au moins passer un grand week-end en Normandie mais B. s'était écrié :

« Tu n'y penses pas ! On va dépenser une fortune en hôtel et restaurants alors qu'on a les crédits à payer et que l'activité va baisser en été ! »

Je n'avais pas insisté et il s'était finalement trompé : son activité ne cessait de se développer et, même en plein été, les clients affluaient pour faire du sport dans ce lieu si chic et original. En outre, la salle de sport bénéficiait d'une climatisation naturelle, les murs épais du château nous protégeaient de cet air brûlant qui cuisait la peau depuis plusieurs jours. Je travaillais volets fermés et j'entendais les clients de B. s'exclamer : « Mais qu'il fait bon ici ! » en franchissant la porte d'entrée.

Depuis notre rencontre, nos nuits d'été avaient toujours été chaudes. Peut-être parce que nous avions vécu notre première nuit ensemble en juillet, nous aimions faire l'amour par temps de canicule. Mais depuis quelques jours, B. était taciturne. Je m'étais plusieurs fois rapprochée de lui le soir et il m'avait gentiment repoussée, utilisant à nouveau le prétexte de la fatigue.

J'avais repensé à l'objet et j'avais à tout hasard fouillé une nouvelle fois la commode, mais il avait définitivement disparu. Je n'avais pas envie d'en commander un nouveau. Il me semblait que cet épisode devait rester exceptionnel et que, si B. n'en manifestait pas le désir, je ne prendrais plus d'initiative.

Mais B. n'exprimait rien.

La nuit du 13 juillet, un violent orage a éclaté. Je me suis réveillée vers minuit et j'ai cru entendre les pétards d'un feu d'artifice dans le lointain, mais le tonnerre grondait et la lumière des éclairs traversait les persiennes, striant le miroir de notre chambre.

Je me suis levée pour boire un verre d'eau. J'ai découvert le téléphone de B. à côté du lavabo. Il avait, depuis quelques jours, changé sa housse pour un modèle qui dissimulait l'écran et, pendant que je remplissais mon verre au robinet, j'ai vu scintiller la lumière par les côtés de l'étui à plusieurs reprises. Comme s'il était traversé d'éclairs, je sentais que l'objet s'agitait de messages ou de notifications qui m'envoyaient des signaux. J'ai rabattu la housse et un message m'a sauté aux yeux : une émoticône figurant deux hommes unis par un cœur.

Un deuxième SMS : encore une image figurant l'empreinte d'un baiser.

L'écran ne cessait de s'animer. Un nouveau message avec plein de points d'interrogation est apparu. J'ai tenté machinalement de déverrouiller l'appareil et le souvenir de l'affreuse soirée que m'avait fait vivre B. m'est revenu. « Il est fermé, *closed* ! Définitivement verrouillé ! Tu pourras toujours chercher, tu ne trouveras pas… »

La porte m'était fermée. J'ai tapé ma date de naissance à tout hasard. Après tout, B. aurait pu penser que mon raisonnement m'éloignerait de l'évidence, mais cela aurait été trop simple !

Je ne pouvais pas risquer de le bloquer, je l'ai donc reposé à sa place. Ainsi B. avait une relation, peut-être plusieurs, et je ne pouvais rien savoir de plus. Ces dernières semaines avaient été si légères, je m'en voulais d'avoir baissé la garde. Mais qu'aurais-je pu voir, apercevoir, entendre alors que B. était présent, aimant ? Je me suis questionnée sur l'attitude à adopter : faire comme si je n'avais rien vu, ne jamais plus m'approcher de son téléphone, ne parler de rien. Si j'avais été capable d'ignorer sa vie parallèle, je lui aurais dénié la moindre existence.

J'avais reçu une femme en consultation la semaine précédente : elle m'avait expliqué que son mari la trompait depuis toujours. Elle l'avait toujours su car il n'était pas discret et la moitié de la ville était au courant, mais elle avait préféré traiter cette situation par le mépris. Je l'avais interrogée sur sa motivation.

« Vous ne l'aimez plus et vous restez pour le confort matériel ?

– Absolument pas ! Je l'aime et il m'aime aussi. Il a des aventures, il ne peut pas s'en empêcher.

– Vous aussi, vous le trompez ?

– Cela ne m'intéresse pas. Même quand j'étais plus jeune, cela ne m'a jamais traversé l'esprit et je n'ai jamais eu envie de le quitter, parce que je sais que notre couple est plus fort que tout. Parfois il s'est absenté, plus ou moins longtemps, mais je n'ai jamais douté qu'il m'aimait et qu'il me reviendrait toujours.

– Et s'il avait eu une aventure plus sérieuse que les autres ? Il aurait pu rencontrer une femme plus jeune, plus belle…

– Mais non, pourquoi ? »

Son aplomb m'avait désarmée. Cette femme n'était ni belle ni fortunée, elle n'avait pas fait d'études, ne travaillait pas. Elle décrivait son mari comme un séducteur, ayant une belle situation professionnelle, grand sportif. Mais elle avait confiance. Confiance en lui, confiance en elle.

Elle venait me consulter pour un problème lié à la succession de ses parents et m'avait confié ce détail de sa vie. Oui, elle considérait que les infidélités de son époux étaient un détail et elle disait qu'elle n'en souffrait pas plus que s'il avait joué aux courses ou regardé des films pornos.

J'avais été à deux doigts de lui dire que j'aurais tellement aimé réagir comme elle. Mais je ne pouvais me confier à personne, et certainement pas à une cliente.

Je ne pouvais pas occulter ce que cette femme aurait appelé un détail. J'étais incapable de faire comme si de rien n'était. Par moments, les événements venaient recouvrir puis découvrir ce pan de ma vie, je me sentais ballottée, dépendante d'eux. J'ai senti que ma courte période de quiétude était passée et que j'allais de nouveau me trouver entraînée par le rythme trépidant de B.

Comme au temps de mon enfance, lorsque le portrait de ma sœur au-dessus du buffet brillait au soleil puis s'évanouissait dans l'ombre, j'oscillais entre l'allégresse et la torpeur.

L'affolement

C'étaient toutes les femmes que la Barbe-Bleue avait épousées et qu'il avait égorgées l'une après l'autre.

J'ai entendu la voiture de B. déraper sur le parking et s'éloigner. J'ai regardé l'heure sur mon ordinateur, vingt et une heures. J'avais travaillé toute la journée sans presque quitter mon écran des yeux et je n'avais pas vu le temps s'écouler. J'avais entendu des allées et venues de clients, des voix, des portes qui claquent. Je m'étais accoutumée à ce rythme sonore du travail de B. qui me tranquillisait. Je ne peux pas dire que je n'avais pas pensé aux messages de la veille, mais j'avais senti la présence rassurante de B. en permanence.

J'ai sursauté. Où allait-il à cette heure et sans me prévenir ? Je l'ai appelé sur son portable mais il n'a pas répondu. J'ai traversé la salle de musculation qui était vide et rangée. Je suis allée jusqu'aux douches, les lumières étaient éteintes, j'ai rallumé les plafonniers, le ménage avait été fait, rien ne traînait.

Je suis montée à nos appartements, rien n'avait bougé depuis le matin, j'ai pensé que B. n'était même pas passé se changer. Et puis, j'ai senti mon corps trembler, mon souffle se raccourcir, comme si tout m'échappait de nouveau. B. était peut-être sorti faire une course, non à cette heure, impossible, les magasins étaient fermés. Il raccompagnait un client, non, ses clients se déplaçaient tous jusqu'ici avec leur véhicule. Je ne comprenais pas la raison de son départ à cette heure tardive et mes pensées se bousculaient. Je sentais qu'il ne fallait pas, mais j'ai rappelé son portable et il n'a pas décroché, ce qui a encore accru mon inquiétude. B. me cachait où il allait. B. était peut-être définitivement parti sans rien me dire. J'ai commencé à tourner en rond, de la chambre au couloir, je suis redescendue dans mon bureau, puis sortie dans le parc, j'ai observé le portail et suis remontée à nos appartements plusieurs fois. J'ai composé à nouveau le numéro de B. Je tombais maintenant directement sur la messagerie. Il avait dû le couper. Je ne pouvais pas m'asseoir, je ne pouvais plus que penser à sa disparition.

Il était vingt et une heures trente, le ciel commençait à s'obscurcir. Alors que je retraversais le couloir pour la centième fois peut-être, j'ai cru entendre un bruit à l'étage. Je me suis immobilisée, j'ai tendu l'oreille. Rien. Cet étage n'était pas rénové. Nous y entreposions les restes de matériaux des travaux, carrelages non utilisés, plaques de plâtre achetées en trop grande quantité, pots de peinture pour d'éventuels raccords et quelques vieux meubles qui n'avaient pas trouvé de place. J'avais stocké également quelques cartons qui contenaient des affaires de la maison de mes parents, après la mort de ma mère. Je les avais récupérés lorsque nous avions emménagé ici. Je n'aimais pas monter à cet étage poussiéreux.

Les fenêtres n'avaient pas été changées, elles n'étaient pas très étanches, un courant d'air avait pu ouvrir un vantail ou faire tomber un objet. Je me suis assise sur le lit et j'ai regardé mon téléphone. Aucun appel. J'ai pensé que je pouvais vérifier si B. s'était connecté sur un réseau social, car il n'avait pas désactivé son statut en ligne sur Messenger et Whatsapp. Il ne s'était pas connecté depuis trois heures. Le bruit a retenti de nouveau. Il fallait que je monte tant qu'il faisait encore jour, après j'aurais bien trop peur de gravir l'escalier dans le noir.

Il n'y avait pas d'électricité à cet étage. Nous avions fait démonter l'ancienne installation qui n'était plus aux normes et, comme nous n'avions pas prévu d'utiliser ces pièces pour l'instant, nous avions décidé de ne faire aucun frais et de fermer cet étage qui servait finalement de grenier.

J'ai pris une grande inspiration et j'ai gravi l'escalier avec mon téléphone en lampe torche. Les portes du couloir étaient fermées, j'ai poussé la première en me plaquant au mur comme si quelqu'un allait surgir de la pièce et me sauter dessus. Elle contenait les matériaux que B. avait alignés et parfaitement rangés. J'ai poussé la deuxième porte. B. avait stocké dans cette chambre les vieux meubles que je devinais sous des draps et les cartons contenant les souvenirs de la maison de mes parents. J'ai poursuivi mon trajet vers la dernière pièce de ce côté du couloir. Tout était calme, plus aucun bruit ne se faisait entendre. La porte était légèrement entrouverte. En m'approchant, j'ai senti un parfum fort, un parfum d'homme. J'ai franchi le seuil. Un lit trônait au milieu de la pièce. Un grand lit défait dont les draps étaient rabattus, froissés. Un oreiller était écrasé en son milieu, l'autre gisait sur le sol. Une fenêtre était entrebâillée et un courant d'air avait peut-être fait claquer la porte.

Je n'avais jamais vu ce lit, jamais vu ces draps. Depuis combien de temps n'étais-je pas montée à cet étage ? Mes pensées étaient tellement confuses que je ne parvenais plus à m'en souvenir. La pièce ne comportait aucun autre meuble que ce lit. J'ai soulevé le drap du dessous. Le lit était neuf. Un effluve puissant a rempli la chambre. Il faisait chaud dans la pièce, la fenêtre ouverte laissait entrer un courant d'air bouillant malgré l'heure tardive et j'avais l'impression qu'une tiédeur se dégageait du lit défait.

La puissance de l'odeur et l'état du lit ne laissaient aucun doute : B. avait couché avec un garçon aujourd'hui, ici, dans cette chambre secrète qu'il avait aménagée sans que je m'en rende compte. Il avait dû faire livrer ce lit lors d'une de mes rares absences, il avait parfaitement pu faire monter un invité sans que je le voie passer, le château était vaste. Je n'avais rien soupçonné. Jusqu'à hier soir, j'avais cru que le château nous protégeait alors qu'il faisait peser, au-dessus de ma tête, cette menace invisible que je n'aurais pas dû découvrir.

La clef

Mais la tentation était si forte qu'elle ne put la surmonter : elle prit donc la petite clef, et ouvrit en tremblant la porte du cabinet.

Un garçon était venu se coucher entre ces draps, y avait laissé son parfum, était reparti, vraisemblablement avec B.

Qui était ce fantôme entré et sorti du château sans que je l'aperçoive ?

Je me suis assise sur le lit, j'ai touché les draps à la recherche d'un indice. Rien n'apparaissait hormis cette odeur diffuse qui s'estompait ou à laquelle je commençais à m'habituer. J'ai regardé sous le lit, le sol avait été balayé récemment, rien ne traînait, pas même un mouton de poussière.

Cette chambre clandestine que B. n'avait pas pris la peine de fermer ne me révélerait rien de plus. La clef de cette liaison se trouvait dans son téléphone, qui me narguait et auquel je n'avais plus accès.

J'ai entendu la voiture de B. descendre l'allée. Je me suis instantanément sentie soulagée, B. rentrait, B. n'était pas parti. J'ai descendu l'escalier quatre à quatre. J'ai hésité, je ne savais pas si je voulais l'attendre dans la chambre ou me réfugier dans la salle de bains pour l'éviter. Je n'ai pas eu le temps de réfléchir, je l'ai entendu gravir l'escalier depuis le rez-de-chaussée et je me suis assise sur notre lit en tripotant mon téléphone. Il a passé la tête par l'embrasure de la porte et m'a demandé :

« Tout va bien ? Tu as passé une bonne journée ?

– Euh, oui... »

Alors qu'il ressortait immédiatement dans le couloir, j'ai crié :

« Je t'ai appelé, tu étais où ? Tu ne m'as pas répondu...

– Ah non, ça ne va pas recommencer !

– Comment ça ? Qu'est-ce qui ne va pas recommencer ?

– Que tu me suives, que tu m'appelles ! »

Nous glissions vers un nouveau drame, il allait une fois de plus prononcer des mots insupportables. J'ai fait une tentative pour adoucir la conversation.

« Je t'ai juste appelé, je m'inquiétais, je voulais savoir si tu venais dîner…

– Arrête, tu as bien entendu que je sortais !

– Mais tu allais où à cette heure ?

– Nulle part, je n'allais nulle part. »

Il a redescendu l'escalier, je l'ai entendu se diriger vers la cuisine. La froideur avec laquelle il avait prononcé ces derniers mots mettait fin à tout espoir de discussion. J'ai senti que je ne supporterais pas que la soirée s'achève dans la violence et j'ai renoncé à le rejoindre.

Il est monté se coucher très tard, j'ai fait semblant de dormir. Je l'ai vu s'asseoir sur le lit, son téléphone à la main, et envoyer des messages. Il l'a posé sur sa table de nuit et s'est endormi.

Il me tournait le dos, enroulé dans le drap. Son téléphone a vibré plusieurs fois, lançant des éclairs dans l'obscurité de notre chambre. Je me suis redressée sur un coude et je l'ai observé par-dessus son épaule. Il avait laissé la housse ouverte, les messages s'accumulaient mais je ne parvenais pas à les lire. Je voyais des smileys et j'avais l'impression que ces SMS portaient un nom, un nom que je ne pouvais pas déchiffrer. B. s'est retourné en soupirant. Son souffle était régulier, il semblait dormir mais je n'osais pas me lever pour aller regarder l'écran.

Pendant au moins une heure, j'ai hésité à me lever, je me tournais, posais mes pieds au sol puis me ravisais.

J'ai vu deux heures s'afficher sur mon téléphone, B. n'avait pas bougé depuis au moins une demi-heure, j'ai bondi sur mes pieds et j'ai fait le tour du lit pour venir m'agenouiller devant sa table de nuit. L'écran du téléphone était maintenant recouvert de messages à tel point que je ne savais plus lequel regarder. J'ai vérifié qui était l'émetteur : ils venaient tous d'un seul garçon dont le prénom s'affichait. B. avait donc enregistré son numéro dans ses contacts, leur relation devait être sérieuse. Plusieurs SMS ne contenaient que des émoticônes figurant des roses, des empreintes de rouge à lèvres, des cœurs enrubannés, des smileys avec des cœurs à la place des yeux ou sur la joue.

D'autres contenaient quelques mots bourrés de fautes : « Je envi toi », « mervieleu avec amour toi ». Malgré les fautes qui rendaient certains mots quasiment incompréhensibles, le sens des messages était très clair. J'ai compris que Mateo n'était pas français et qu'il avait passé la soirée avec B., dans la chambre du dessus. Des messages continuaient d'arriver, chassant les premiers de l'écran surchargé de discours amoureux : « je aimé tes min », « tu menque moi ». Il ne devait pas savoir se servir de Google traduction. Puis, j'ai vu s'afficher : « *Buenas noches mi amor, te amo* » et plus rien. Le téléphone s'est calmé et s'est éteint. Mais derrière mes yeux clos les petites formes qu'il avait crachées défilaient en me narguant

Le grenier

Hélas ! Non, ma sœur, c'est un troupeau de moutons.

Je suis restée au lit bien après que B. est descendu dans la salle de sport. J'ai entendu le claquement régulier des poids en fonte sur leur support. Il s'entraînait.

Chaque bruit m'était familier. Comment avais-je pu ignorer l'installation de la chambre secrète ? Mon attention s'était sans doute relâchée. La vie quotidienne s'imposait chaque matin et me happait jusqu'au soir.

Je devais rédiger une assignation et l'envoyer chez l'huissier avant la fin de l'après-midi. Je me suis habillée et j'ai rejoint mon cabinet. Je restais concentrée sur les bruits de la salle de muscu, puis sur les claquements de la porte d'entrée avec l'arrivée des premiers clients, leurs voix qui m'étaient devenues familières. Je connaissais nombre d'entre eux, nous nous croisions, nous échangions quelques banalités. Je rencontrais beaucoup de femmes qui venaient prendre des cours de Pilates, quelques hommes aussi, mais aucun qui aurait pu plaire à B.

Je croyais deviner ses goûts, il recherchait la beauté, une certaine beauté classique, des traits fins, réguliers. Il pouvait être attiré par ce qu'il appelait « la classe » également : une prestance, une allure, de beaux vêtements, ce qui l'avait séduit chez Cyrille par exemple.

Il n'avait donc pas fait la connaissance de Mateo ici mais sur un site de rencontres. Il l'avait fait entrer au château, il y avait installé une chambre pour le recevoir. Avait-il d'autres relations ou ne fréquentait-il que ce garçon ? Tous les messages que j'avais pu voir récemment venaient de lui. Je me souvenais des premiers : des cœurs, des symboles, le nom ne s'affichait pas encore, donc il venait de le rencontrer. Puis il avait enregistré son prénom dans son répertoire. Ils parlaient d'amour. Il lui disait « je t'aime ».

Je ne pouvais plus rien attendre de ce foutu téléphone, tout juste intercepter un message lorsqu'il apparaîtrait sur l'écran, mais impossible d'effectuer aucune recherche. Il n'était pas envisageable que je parle à B. non plus, j'avais bien trop peur de sa réaction. J'ai entrouvert la porte de mon bureau et j'ai écouté les sons provenant de la salle de sport. B. donnait un cours de renforcement musculaire en musique. Il était dix heures quinze, le cours se terminait à onze heures. Je n'avais pas beaucoup avancé ma procédure mais la tentation de retourner dans la chambre du dessus était trop forte. Je ne risquais rien, B. ne sortirait pas de sa salle de cours avant trois quarts d'heure. Je voulais retourner inspecter le lit, la pièce. Un détail m'avait peut-être échappé.

J'ai monté l'escalier et j'ai poussé la porte de la première chambre, celle qui contenait les matériaux de notre chantier. Tout était toujours en place, ordonné et poussiéreux. Le sol ne portait aucune empreinte de pas, B. n'était pas entré dans cette pièce depuis longtemps. J'ai jeté un œil dans la deuxième pièce, celle des vieux meubles et des souvenirs de mes parents. Le drap qui recouvrait le fauteuil Voltaire de ma mère était au sol. J'aurais juré qu'hier tout était en place, mais je ne pouvais pas me fier à ma mémoire car j'avais entrouvert rapidement les portes de chaque pièce et la nuit tombait. Le sol de cette chambre n'était pas immaculé, des marques de semelles de baskets s'étalaient dans tous les sens. Le fauteuil n'était pas poussiéreux, il avait dû être récemment découvert. J'ai observé les accoudoirs qui portaient des marques d'usure, le velours bleu pâle était effiloché. Ce Voltaire était le fauteuil préféré de ma mère, celui dans lequel elle faisait la sieste à la fin de sa vie. Comme de tous les objets entreposés dans cette pièce, j'étais incapable de m'en séparer mais je n'aurais pu supporter de les installer dans nos appartements. B. me l'avait suggéré lorsque nous avions emménagé car certains meubles étaient de belles pièces de style et auraient pu trouver une place au château. Nous aurions pu poser sur une cheminée le grand miroir doré baroque qui avait trôné au-dessus du buffet dans l'appartement de mon enfance, B. avait un peu insisté puis m'avait laissé acheter une copie de miroir à moulures en bois blanchi.

J'ai vu que le Scotch fermant un carton était décollé. Avait-il été ouvert ou était-ce l'effet de la chaleur ? Je me suis penchée sur son contenu et j'ai deviné les albums photos que j'avais empaquetés et jamais rouverts depuis l'arrivée au château. Certains contenaient des photos de ma sœur, de mes parents avec ma sœur, de la vie avant moi, de la vie sans moi.

J'ai tiré sur le Scotch et j'ai sorti le premier. C'était un modèle qu'on trouvait dans mon enfance. Les photos, insérées entre les pages autocollantes et un film transparent, sont tombées lorsque je l'ai ouvert. J'ai ramassé dans la poussière des clichés en noir et blanc de mon baptême. J'avais quelques mois, mes parents posaient devant l'église, ma mère me portait dans ses bras. La robe en dentelle blanche qui me recouvrait descendait le long de sa jambe. Je dormais, ils souriaient. Les photos s'étaient mélangées. J'en ai retourné une de moi avec mon père, je devais avoir dix ans. Nous vivions à Orsay, j'étais assise dans le jardin, près du puits, mon père derrière moi, les mains sur mes épaules. Puis une de ma sœur bébé. Je me suis souvenue qu'il m'était arrivé de douter en regardant ces photos lorsque j'étais adolescente : était-ce moi bébé ou était-ce ma sœur ? Comment distinguer un bébé d'un autre bébé ? Nous étions toutes les deux potelées, en grenouillère, souvent cadrées de près de telle façon que le décor apparaissait peu. Lorsque je demandais à ma mère : « C'est Anne ou c'est moi ? », elle se penchait et, après un temps d'observation plus ou moins long, déclarait : « Oh, c'est ta sœur, regarde, c'est un papier des années soixante ! »

Effectivement, les images de ma sœur étaient presque toutes imprimées sur un papier à bords crantés qui n'existait plus dans mon enfance. Ainsi ma mère nous distinguait seulement grâce à ce détail.

J'ai rassemblé les clichés que j'ai rangés en vrac dans l'album. Il faudrait qu'un jour je les trie et les recolle dans un album neuf. Il était plus de onze heures, je n'avais plus le temps d'aller examiner la troisième chambre, B. allait sortir de cours je ne voulais pas qu'il voie que j'avais découvert sa cachette.

J'ai observé la porte fermée, il n'y avait pas plus de vie derrière cette porte que derrière toutes celles de ce grenier.

L'éclair

Ouvrez tout, allez partout.

J'avais pris du retard, j'ai décidé d'aller moi-même chez l'huissier déposer mon assignation. Le trajet en voiture à travers la campagne m'a détendue. J'ai pensé que tout ce qui encombrait le grenier devait y rester enfermé.

Ma voiture filait à travers les champs de blé qui nous séparaient de la première ville. Nous n'avions pas eu un seul jour de pluie depuis l'orage du 13 juillet, des nuages de poussière s'élevaient de la terre et leurs fines particules venaient fouetter mon pare-brise. La lumière très vive du soleil au zénith faisait plisser les yeux. Dans ma précipitation, j'avais oublié mes lunettes de soleil.

J'ai tourné dans la ville pour chercher une place de stationnement, les stands du marché occupaient toute la rue où se trouvait l'étude. La secrétaire était partie déjeuner, j'ai dû patienter un bon quart d'heure pour lui remettre mon acte et mes instructions.

Sur le chemin du retour, le soleil était descendu et m'éblouissait. Même en abaissant le pare-soleil, je voyais mal la route. J'ai réalisé en me garant sur le parking que je ne voyais plus de l'œil gauche. Je n'avais pas eu de migraine ophtalmique depuis des années mais j'ai compris qu'une crise s'annonçait. Un éclair lumineux scintillait sur mon côté gauche. Je me suis frotté l'œil plusieurs fois, par réflexe, puisque de toute façon il n'y avait rien à faire et que la crise pouvait durer une heure ou deux.

Je suis montée dans notre chambre, j'ai avalé un cachet d'aspirine, fermé les volets et me suis allongée. Même si je connaissais ce symptôme pour avoir eu plusieurs crises et que je savais qu'il était réversible, perdre la vue m'angoissait. Je n'étais pas dans le noir, j'étais perdue dans un scintillement lumineux, aveuglée par cette lumière intense et mouvante. L'éclair brillait, se déplaçait, semblait se rétracter, puis réapparaissait plus vif, presque rougeoyant. Les yeux ouverts ou fermés, il était là.

Je ne sais pas si c'était d'être ainsi privée de la vue, mais j'ai eu l'impression de percevoir les sons plus intensément. Un craquement infime du parquet, au-dessus, m'est parvenu.

Le bruit s'est répété, subtil, à tel point qu'on pouvait douter qu'il existe vraiment. Des pas feutrés sur le parquet. Une avancée pieds nus, à pas de loup. Ou bien un lit qui aurait grincé.

J'ai tenté de me lever pour m'approcher au plus près du son, mais impossible de marcher, la crise devait être à son apogée, j'étais aveuglée par la lumière. Je suis restée assise, retenant ma respiration pour mieux entendre encore. Les bruits étaient bien présents, plus nets et plus rapprochés. Leur rythme s'est accéléré. Toute ma concentration était portée sur eux, l'éclair lui-même vrillait devant mes yeux à leur cadence.

Puis, plus rien, le silence est revenu. Les fusées lumineuses ont reflué comme à la fin d'un feu d'artifice. Le calme s'est installé pendant un long moment, j'ai guetté la suite.

Un léger grincement correspondant sans doute à l'ouverture d'une porte, puis des pas dans l'escalier, des paroles qui me parvenaient à l'état de murmures. Et le bruit s'est éloigné.

Je n'avais perçu que des bribes de la vie du dessus et maintenant un étau me serrait les tempes, le mal de tête prenait le relais. J'avais retrouvé la vue.

La barbe

Le lendemain il lui redemanda les clefs, et elle les lui donna, mais d'une main si tremblante, qu'il devina sans peine tout ce qui s'était passé.

Les jours suivants, notre vie a retrouvé un rythme régulier : B. se levait tôt pour aller s'entraîner dans la salle de musculation, il préparait les repas, déjeunait avec moi le midi, puis s'absentait. Si je le croisais, il prétextait une course. Il pensait que je ne voyais pas son manège. De mon cabinet, je ne pouvais apercevoir sa voiture entrer et sortir de la propriété mais je surveillais maintenant depuis d'autres fenêtres. Je savais qu'il partait chercher Mateo. Il passait quelques heures avec lui dans la chambre du dessus et le raccompagnait avant de commencer les cours du soir.

Tout se passait au château, sous notre toit, silencieusement. Et pourtant, je ne pouvais pas envisager d'entrer dans la chambre secrète pendant un de leurs rendez-vous. Je sentais que j'aurais franchi une limite que B. n'aurait pu tolérer. Je risquais de provoquer sa violence et de le perdre définitivement.

J'étais retournée plusieurs fois, en son absence, inspecter la chambre. J'avais retrouvé l'odeur du parfum, toujours le même, ce parfum écœurant qui commençait à s'incruster dans tous les recoins. Mais la vision des draps froissés dans le grand lit au milieu de la pièce vide ne m'apprenait rien que je ne sache déjà.

J'avais aperçu Mateo une seule fois, furtivement, en regardant depuis une fenêtre de l'étage. Je ne pouvais pas rester à surveiller l'entrée pendant des heures juste pour entrevoir un garçon parcourir quelques mètres entre la voiture et la porte. Leurs rendez-vous se déroulaient au moment où il n'y avait pas d'activité au château, les cours et mes consultations commençaient en fin de journée, B. ne risquait donc pas de croiser un client.

De ce que j'avais vu, Mateo était plutôt grand, mince, brun aux cheveux bouclés. Il portait un débardeur blanc et un jean troué. J'aurais été incapable de le reconnaître dans la rue, mais il me semblait à son allure qu'il était jeune, très jeune, peut-être vingt-cinq ans à tout casser.

J'étais étonnée que B. s'intéresse à un garçon aussi jeune, d'autant que son style vestimentaire très négligé n'était pas dans ses goûts.

Si notre vie avait pris un cours régulier, cette histoire également, et cela m'inquiétait. B. ne voyait pas d'autre garçon que Mateo, et il allait le chercher tous les jours à l'exception du dimanche. Lorsqu'il n'était pas avec lui, il lui envoyait des messages. Je ne le croisais plus sans qu'il ait son portable à la main, il le posait à côté de son assiette pendant nos repas et sur sa table de nuit. Mais le téléphone était muet. Après avoir émis un dernier message que j'avais aperçu au cours d'un dîner, il n'avait plus jamais livré aucun indice. B. avait sans doute supprimé l'affichage des notifications sur son écran verrouillé.

Après ce dernier message terrible de Mateo qui disait : « Moi aussi, je t'aime » sans aucune faute et sans aucun smiley, j'avais eu beau m'emparer du téléphone dès que B. dormait, l'écran restait noir et inerte.

En quelques semaines, B. avait changé de look : il s'était laissé pousser la barbe alors qu'il avait toujours pris beaucoup de soin à se raser de près chaque matin. Il avait toujours trouvé ridicule la mode des barbes de trois jours : « Je ne vois pas le temps qu'on gagne, franchement, ça me prend trois minutes le matin de me raser ! C'est moche en plus ! La plupart des garçons n'ont pas la barbe assez fournie… »

Ce n'était pas son cas, B. avait la barbe drue et j'en avais fait l'expérience un matin. J'avais gardé des rougeurs sur les joues toute la journée après que nous avions fait l'amour. Même le fond de teint n'était pas parvenu à les dissimuler.

Un soir, je l'ai découvert les cheveux courts. Alors qu'il avait constamment pris grand soin de ses cheveux mi-longs dont il disait qu'ils lui donnaient l'air de Rambo. Il était allé l'après-midi chez un coiffeur du centre-ville, m'avait-il raconté.

« Il fait tellement chaud cet été, ce sera plus pratique…

– Mais tu disais que tu ne les couperais jamais, que les cheveux courts ne t'allaient pas…

– Eh bien, j'ai changé d'avis ! Tu me trouves comment ? m'avait-il demandé en tournant sur lui-même.

– Bien, ça te va bien, ça te rajeunit mais j'ai du mal à te reconnaître… »

Il s'était emporté d'un coup.

« C'est comme ça, c'est mon nouveau look, j'ai besoin de changement ! »

J'ai songé que, depuis le mois de juin, je n'avais pas eu de vraie discussion avec B. Je ne répondais plus à ce que je considérais comme des provocations. B. savait que ses propos me blessaient. À la moindre remarque, au moindre questionnement de ma part, il réagissait vivement. Depuis notre arrivée au château, je craignais plus encore qu'avant de le perdre. Je craignais de perdre ma place auprès de lui.

Le rire

Non, non, dit-il, recommande-toi bien à Dieu ; et levant son bras...

Il devenait urgent de tondre les pelouses et B. avait décidé d'y consacrer tout son dimanche. Un mariage était prévu le week-end suivant, puis chaque samedi des mois de septembre et octobre. L'été exceptionnellement chaud et l'arrière-saison qui s'annonçait aussi belle invitaient les couples à se marier dans un cadre champêtre. Après la pause du mois d'août, nous avions reçu un afflux de demandes de dernière minute. Pour notre première année d'ouverture, il nous restait des dates disponibles et nous avions enfin rempli tout le calendrier de la saison. B. était très satisfait que les affaires marchent aussi bien. Il trinquait chaque soir à la prospérité du château et de sa salle de sport.

« Je suis heureuse pour toi, pour nous ! lui avais-je dit en levant mon verre.

– Nous devrions peut-être investir pour rénover et agrandir le préau, non ? » m'avait-il suggéré.

Le préau était un espace couvert, donnant sur le parc, qui servait de remise pour les tables et les chaises de réception. Il aurait pu être utilisé pour les cocktails en cas de pluie car nous n'avions aucune solution de repli si la météo ne permettait pas de prendre l'apéritif dehors.

Le sol du préau était en terre battue, il aurait fallu le remettre à niveau et couler une chape de béton, poser des dalles, peindre la structure et les poutres pour redonner un coup de propre à l'ensemble.

J'ai répondu à B. que nous aviserions l'année prochaine, il n'y avait pas d'urgence. Et puis ma prudence me commandait d'attendre avant de réinvestir : nos échéances de prêt étaient lourdes, la rénovation du moindre mètre carré supplémentaire nous coûterait une fortune qu'il faudrait financer par un nouveau prêt.

« Pas forcément ! Je pourrais le faire moi-même, en me faisant aider, bien sûr, on n'aurait que les matériaux à acheter... »

B. était bricoleur, mais n'avait jamais entrepris de travaux de cette envergure, ses propos m'ont surprise.

« Te faire aider par qui ?

– Je trouverais bien des types au black ! »

J'ai immédiatement pensé à Mateo. Imaginait-il le faire travailler chez nous ? Je ne savais rien de lui, mais il était très disponible puisqu'il passait ses après-midi au château. Pendant que je me perdais dans ces suppositions inquiétantes, B. se faisait cuire une entrecôte au barbecue. Il avait préparé une ratatouille et a posé devant moi une assiette joliment dressée. Il m'a embrassée dans le cou.

« Tu penses à quoi ?

– À rien... Merci c'est gentil, elle a l'air bonne ta ratatouille ! »

J'ai vu qu'il avait presque entièrement vidé la bouteille de rosé en cuisinant. Il a attaqué son entrecôte qu'il aimait saignante, j'ai détourné le regard.

Il est revenu à la charge pour les travaux.

« On en reparlera, je suis sûr que c'est une bonne idée. Il faudrait attaquer le chantier fin octobre, après le dernier mariage et avant qu'il fasse trop mauvais. On en a pour deux mois, à mon avis, si on travaille un peu en semaine et le dimanche. »

Je savais à quel point il pouvait être têtu lorsqu'il voulait quelque chose. J'avais cédé sur l'achat du château, il pensait que je finirais par plier pour ces travaux.

J'allais devoir me montrer plus obstinée pour éviter qu'il n'installe Mateo un peu plus au château. J'étais perdue dans mes scénarios imaginaires, partagée entre la curiosité de l'apercevoir, peut-être même le rencontrer, et l'angoisse que leur relation puisse évoluer.

Je sentais le regard de B. sur moi alors qu'il mâchait sa viande. Il a marmonné :

« Quel dommage que tu ne puisses pas m'aider ! Si seulement tu savais couler du béton… »

Je l'ai regardé, interloquée, je n'étais pas certaine d'avoir bien entendu.

Il a repris :

« Si tu faisais plus de musculation, on pourrait terminer les travaux de rénovation tous les deux ! »

Voyant mon air interdit, il a éclaté de rire :

« Oh, mais je plaisante, bien sûr ! »

Et il m'a serrée dans ses bras.

La photo

Je n'en sais rien, répondit la pauvre femme, plus pâle que la mort.

Sur la photo accrochée face à mon bureau, je suis debout, en robe d'avocat, la main droite levée, la bouche entrouverte devant un micro. Des confrères se tiennent à mes côtés, des hommes, grands, en robes. Certains ont les bras croisés, ils regardent devant eux.

La pâleur de mon visage, soulignée par le rabat immaculé de ma robe, se détache du fond de la photo très sombre qui a dû s'obscurcir avec le temps. Je suis livide comme une morte. Je me souviens que j'avais peur d'étouffer dans cette salle d'audience de la cour d'appel de Paris, au milieu de tous ces gens, sans pouvoir sortir. Pendant des semaines avant la date de ma prestation de serment, je m'étais imaginée m'évaporant devant mes confrères et mes parents. J'appréhendais cette cérémonie tellement solennelle, avec cette peur de m'évanouir, de perdre la vue ou d'être victime d'une migraine fulgurante. Mais le pire ne s'était pas produit. J'avais été captivée par le discours du bâtonnier, émue par l'accueil chaleureux de ceux que j'allais appeler désormais mes confrères et mes consœurs. Moi qui n'avais jamais connu de fratrie, j'avais cru alors que je pourrais y trouver ma place.

Dans le fond de la photo, on aperçoit le visage de mon père, sortant de l'ombre. Il a les yeux fixés sur moi comme s'il me regardait m'éloigner. Ma mère n'apparaît pas mais elle était assise à ses côtés. Mon maître de stage m'avait présentée à quelques personnalités du barreau que j'allais intégrer, en proche banlieue. Mes parents étaient restés en retrait, ils n'appartenaient pas à ce monde qui les impressionnait. Ils avaient réservé une table dans un restaurant de la place Dauphine où nous avions déjeuné tous les trois. Je me souviens encore de leurs sourires qu'aucune photo n'a capturés. Leurs sourires doux qui témoignaient de toute l'affection dont ils m'avaient entourée.

Depuis toujours, ils m'avaient choyée. Mon père, qui travaillait beaucoup et qui rentrait tard à la maison, arrivait les bras chargés de fleurs : un bouquet pour ma mère, un bouquet pour moi. Il avait un goût exquis et se servait chez les meilleurs fleuristes, ma chambre embaumait le parfum des roses et des lys.

J'avais gardé cet attrait pour les roses, que B. avait comblé. Il m'offrait souvent des fleurs mais il savait aussi s'occuper de moi. Il préparait mes repas, me soignait lorsque j'étais malade. Il m'entourait de tendresse.

Après la mort de mes parents, B. s'était montré très prévenant. Il savait à quel point ils m'avaient dorlotée, et s'il avait envié, sans jamais l'exprimer, cette chance qu'il n'avait pas eue, il avait aussi senti que la douceur des mets, la douceur des mots et des gestes du quotidien étaient mes abris contre les menaces invisibles. Il les élevait comme un rempart autour de moi.

L'adresse

Cependant la Barbe-Bleue, tenant un grand coutelas à sa main, criait de toute sa force à sa femme : Descends vite ou je monterai là-haut.

Le même rituel, installé depuis des semaines, se répétait : B. sortait et rentrait discrètement du château, je n'avais même plus besoin d'observer, je savais. Il suivait toujours les mêmes horaires, cela me rassurait presque. Il allait chercher Mateo vers quinze heures et le raccompagnait avant dix-sept heures. Ils restaient enfermés moins de deux heures dans la chambre et, pendant ces deux heures, je me concentrais sur la rédaction de conclusions ou le tri de pièces de procédure. Je ne bougeais jamais de mon bureau. Aucun bruit ne se produisait plus, j'avais même remarqué qu'un silence s'installait, comme si le chant des oiseaux, les craquements des boiseries, tous ces sons qui m'entouraient habituellement étaient suspendus. Dès que B. rentrait seul après avoir raccompagné Mateo, la vie reprenait son cours. J'aérais, l'air soulevait les feuilles de mes dossiers, la porte d'entrée du château s'ouvrait et se refermait, les clients du soir arrivaient, se dirigeaient vers les vestiaires, puis les appareils de cardio-training se mettaient en route et le claquement des poids en fonte me parvenait. Je sortais de mon bureau, croisais quelques clients et me dirigeais vers la cuisine où j'allais chercher un verre de jus de fruit. J'avais remarqué que B. passait par là avant de commencer ses cours du soir, il laissait traîner une bouteille d'eau entamée sur la table et ses clefs de voiture.

Un après-midi, alors que je me préparais un citron pressé, j'ai aperçu son portefeuille sous ses clefs de voiture. J'entendais la voix de B. dans la salle de cours, je pouvais fouiller à mon aise. J'ai observé la disposition des cartes et des papiers pour tout remettre à la bonne place une fois l'inspection terminée.

J'ai fait glisser ses cartes de crédit, sa carte vitale, les cartes de fidélité de plusieurs magasins. La pochette intérieure contenait sa carte d'identité, son permis de conduire, la carte grise et la carte verte de son véhicule. Il avait rangé en dessous des reçus de carte bleue. J'ai sorti tout le paquet afin de pouvoir les observer un à un et les replacer dans le même ordre. Un seul reçu était suspect : une dépense de plus de trois cents euros dans un magasin que je n'identifiais pas. Le règlement avait été fait le mardi précédent, à quinze heures huit. J'ai tapé sur Internet le nom de la boutique : il s'agissait d'un magasin de vêtements pour hommes dans un centre commercial de la ville la plus proche. Je n'avais pourtant rien remarqué de neuf dans le dressing.

J'ai pensé qu'il avait fait un cadeau à Mateo, il l'avait peut-être même rhabillé des pieds à la tête car les vêtements présentés sur le site étaient très bon marché et il avait dû en acheter un paquet pour dépenser une telle somme ! J'ai replacé les tickets sous la pochette intérieure. J'allais remettre le portefeuille sous les clefs lorsque j'ai vu un bout de papier dépasser sur un côté. J'avais dû le faire bouger. J'ai précautionneusement extirpé la page. Il s'agissait d'un courrier de la caisse d'allocations familiales adressé à Mateo lui indiquant que son dossier était en attente de son titre de séjour en cours de validité et d'une attestation d'hébergement. Et ce courrier mentionnait son prénom, son nom que je découvrais et l'adresse du château.

Je suis restée interdite. Mateo s'était domicilié au château, une administration lui adressait du courrier chez nous. B. relevait depuis toujours la boîte à lettres et déposait le courrier qui me revenait, je n'aurais jamais eu connaissance de ce document si je n'avais pas fouillé. Je l'ai photographié avec mon téléphone pour l'étudier calmement et l'ai remis à sa place.

J'ai scruté chaque élément, googlisé Mateo dont je connaissais maintenant le nom, je l'ai cherché sur les réseaux sociaux. Je n'ai trouvé aucune trace de lui. J'ai vu que le courrier était daté de la veille, B. l'avait donc récupéré le jour même. Je suis allée sur le site « service public » vérifier les conditions d'attribution du RSA. Celles-ci me confirmaient que Mateo devait avoir plus de vingt-cinq ans et peu de revenus. J'ai noté sur une fiche les quelques éléments que je possédais sur lui avec mes interrogations : hispanophone (Sud-Américain ?), environ vingt-cinq ans, demeurant à proximité, sans adresse fixe et sans revenus. Je m'efforçais de garder la tête froide et de soupeser calmement ces dernières informations, mais je sentais que cette histoire était vraiment sérieuse : les nom et prénom de celui que je m'efforçais de tenir à l'écart depuis des semaines s'étalaient sur ce courrier, accolés à notre adresse. Jamais B. n'était allé aussi loin.

La salade

Et la sœur Anne lui répondait : Je ne vois rien que le soleil qui poudroie, et l'herbe qui verdoie.

Le lendemain, avant quinze heures, je me suis postée derrière une fenêtre donnant sur le parking. J'ai aperçu B. qui sortait du château. Je savais qu'il reviendrait environ vingt minutes plus tard avec Mateo. Je me suis dissimulée sur le côté, soulevant le rideau pour les voir arriver et marcher vers le château. Je ne sais pas ce que j'espérais. J'avais tourné la situation dans tous les sens et je sentais que je perdais le contrôle. Leurs rendez-vous quotidiens dont la régularité avait pu me rassurer m'effrayaient maintenant car je sentais que leur relation évoluait. B. s'était-il seulement mis en tête d'aider Mateo, de s'occuper de ses démarches, ou envisageait-il de l'installer au château ? Je ne pouvais me défaire de la vision de ce maudit courrier de la CAF. Les apercevoir quelques instants sortant de la voiture et ouvrant la porte d'entrée ne me renseignerait pas sur les intentions de B. Pas plus que revoir la tête de Mateo. Cela n'avait pas de sens.

Au moment où j'allais me raviser et regagner mon cabinet, la voiture est arrivée à vive allure, raclant la poussière du parking. À peine immobilisée, B. en est sorti. J'ai relâché le rideau et j'ai vu qu'il regardait dans ma direction. Il a dû apercevoir ma silhouette. J'ai entendu les bruits des pas sur le gravier et le son de leurs voix, puis la porte claquer. J'ai attendu qu'ils aient gravi l'escalier pour regagner mon cabinet.

Je n'étais pas sûre que B. m'ait vue mais cette idée me mettait mal à l'aise. Je me sentais honteuse d'être surprise en train d'observer. Ma posture derrière ce rideau me semblait particulièrement ridicule.

Je n'ai pas eu à m'interroger longtemps car, le soir-même, B. est entré dans la cuisine particulièrement énervé. Il a claqué la porte derrière lui. Je me tenais devant l'évier à laver une salade et j'ai sursauté.

Je n'ai pas eu le temps de me retourner, il a crié :

« Qu'est-ce que tu as vu ? »

L'emploi du verbe *voir* m'a semblé étrange.

« Je ne comprends pas ta question...

– Tu étais à la fenêtre lorsque je suis rentré cet après-midi, je te demande à nouveau : qu'est-ce que tu as vu ?

– Je n'ai rien vu.

– Tu mens ! »

J'ai actionné l'essoreuse à salade, qui a produit un ronflement. Je gagnais du temps, en espérant qu'il se calme. Il m'a attrapée par le bras. J'ai senti qu'il avait bu.

« Tu mens ! Je suis sûr que tu as vu quelqu'un !

– Qui aurais-je dû voir ?

– Tu te fiches de moi, tu as vu un garçon !

– Il y a un garçon ici ? »

J'aurais voulu éviter que le ton monte mais, malgré moi, je répondais par des questions ironiques à son interrogatoire. Il m'a secouée par le bras et a hurlé :

« Oui, il y a un garçon ici ! Et tu le sais ! Et tu ne dis rien ! »

Je me suis dégagée et j'ai prononcé sur le ton le plus doux :

« Mais non, je n'en sais rien… »

Il a titubé et s'est rattrapé à l'évier. Il a crié à nouveau :

« J'aime un garçon et tu voudrais m'en empêcher ! »

Il parlait sans retenue sous l'effet de l'alcool, j'aurais voulu qu'il se taise, j'avais peur de ce qu'il allait m'annoncer. J'ai pris une grande inspiration et je lui ai simplement murmuré :

« S'il te plaît, on va parler calmement… »

Mais il ne m'écoutait pas, il fixait l'essoreuse à salade, il a continué sans me regarder :

« Je l'aime et il m'aime. Il a besoin de moi. Maintenant je veux vivre ce que j'ai envie de vivre, tu ne m'en empêcheras pas ! Personne ne m'en empêchera, ni toi ni les autres !

– Quels autres ? De qui tu parles ? »

La lassitude s'est dessinée sur son visage en une fraction de seconde. Il a tiré une chaise et s'est assis à la table de la cuisine.

Une peur panique s'était emparée de moi depuis le début de la scène. Je ne supportais pas d'entendre ces mots. J'aurais voulu revenir en arrière, effacer les paroles de B., me boucher les yeux et les oreilles. Je n'ai rien trouvé d'autre à bredouiller que :

« Mais tu m'aimes… Et j'ai besoin de toi… »

Il avait la tête entre les mains. Il a levé le regard vers moi mais il ne me voyait plus. J'ai fixé sa bouche, attendant un mot. Les commissures de ses lèvres s'étaient effondrées. Il a soupiré :

« Je sais que tu as besoin de moi. »

Le cimetière 2

Ayant remarqué que la clef du cabinet était tachée de sang, elle l'essuya deux ou trois fois, mais le sang ne s'en allait point.

Mes parents ont été enterrés avec ma sœur, au cimetière parisien de T. que j'avais fréquenté pendant toute mon enfance. J'avais tellement couru, joué dans les allées, entre les tombes, que le lieu m'était resté familier. Je n'avais jamais ressenti la moindre appréhension à m'y rendre et à y retourner depuis la mort de mes parents. Ici aucun fantôme ne rôdait, les morts étaient ensevelis, recouverts de lourdes plaques de granit et tout était ordonné, aligné, les noms et les dates gravés dans le marbre.

En sortant d'une audience, l'après-midi suivant, j'ai fait un détour par le cimetière qui n'était qu'à quelques kilomètres. Je me suis assise sur la pierre tombale face à la nôtre. Je me suis souvenue que mes parents disaient « la nôtre » en parlant de la tombe de ma sœur, comme s'ils étaient déjà un peu à l'intérieur, avec elle. Ils m'avaient demandé de faire graver leurs noms sur le côté et non sur la stèle, ainsi seul le nom d'Anne était visible. Ils avaient tout à fait disparu. Ils m'avaient également laissé des instructions pour l'entretien du monument funéraire : de leur vivant, il comportait un grand bac dans lequel ils plantaient des fleurs. Avant de mourir, ma mère m'avait dit : « Tu feras poser une plaque de granit par-dessus comme ça tu n'auras pas à entretenir la tombe ! » L'histoire se terminait avec eux, le caveau était fermé et complet, je ne serais pas enterrée ici.

J'ai constaté que la poussière de l'été s'était accumulée sur la pierre tombale, j'ai sorti un mouchoir en papier de mon sac pour l'épousseter et je suis revenue m'asseoir à ma place. Mais je n'avais fait que l'étaler et des traces apparaissaient maintenant sur toute sa surface.

La lumière vive accentuait l'impression de saleté. Je me suis demandé de quelle manière j'allais pouvoir nettoyer la pierre, je n'avais ni éponge ni chiffon dans la voiture. Seulement un paquet de Kleenex. J'ai donc sorti un autre mouchoir et j'ai procédé à un deuxième essuyage. En prenant du recul, j'ai constaté que j'avais enlevé un peu de poussière et que, en continuant l'opération, je pourrais en venir à bout. J'ai ainsi nettoyé toute la crasse accumulée. La tombe brillait de nouveau, j'étais satisfaite de mon travail. Je suis restée assise à l'admirer. La stèle, que je n'avais pas essuyée, paraissait terne maintenant. La poussière s'accumulait moins sur les surfaces verticales, mais elle contrastait avec la dalle qui brillait.

Je n'avais plus de mouchoir, j'ai regardé autour de moi à la recherche d'un objet qui aurait pu servir à mon ménage, mais en vain. J'ai donc récupéré les Kleenex sales et je me suis penchée sur la stèle. J'ai remarqué que la poussière s'était concentrée dans les lettres gravées du nom de ma sœur. Elle était venue en ternir l'or. J'ai roulé le bout d'un mouchoir et j'ai suivi la courbe des lettres. À mesure que je progressais, elles retrouvaient leur éclat. J'ai fait quelques pas en arrière pour vérifier mon travail : le nom d'Anne brillait au soleil.

Je me souvenais qu'un jour mon père avait dit à ma mère, ici même : « Lorsque nous serons morts, plus personne ne se souviendra d'Anne. » En redonnant de l'éclat à son nom, je poursuivais ma mission : après avoir remplacé la morte, j'entretenais à leur place le flambeau de sa mémoire.

Rien ne me retenait plus ici, mais j'aurais pu rester assise sur la pierre tombale, la chaleur qui s'en dégageait était douce, le chant des oiseaux et le ronronnement de la circulation me berçaient. Rien ne m'appelait ailleurs non plus à cet instant.

Le vin

Il faut mourir, Madame, lui dit-il, et tout à l'heure.

En ouvrant les volets le matin suivant, j'ai senti les prémices de l'automne : je ne distinguais plus ma roseraie, enrobée d'un nuage de brume, et le contact de mes pieds nus sur le carrelage froid m'a causé un frisson.

J'ai toujours détesté cette période de transition : une fois l'automne installé, je savais lutter contre l'obscurité et l'humidité, mais, à la fin septembre, mon ennemi était encore tapi dans chaque recoin des jours et venait me surprendre. Depuis que nous vivions en pleine nature, nous ressentions plus intensément les changements de saison. Le passage à l'été avait été joyeux et j'appréhendais ce retour vers l'hiver.

Les draps de notre lit m'avaient paru glacials et B. installait une distance entre nous, il ne m'avait pas enlacée depuis plusieurs semaines.

Il m'avait reparlé de ses fameux travaux du préau en insistant pour commencer à décaisser la terre dans quelques semaines. Il avançait que cela ne coûterait rien.

« On va juste décaisser, on a les outils et on n'aura pas besoin d'évacuer la terre, je vais l'étaler dans le bas du terrain. Il faut le faire maintenant, avant les gelées ! »

J'avais bien entendu qu'il avait dit « on » et non « je », mais je m'étais bien gardée de relever.

Il avait insisté : « Alors, tu es d'accord ? » et, à bout d'arguments, j'avais cédé.

Il avait eu un élan de gaieté presque enfantine. Il m'avait embrassée sur la joue et avait ajouté : « Chic ! C'est sympa, ça me fait plaisir ! »

Je ne voyais pas ce qui pouvait lui faire plaisir dans le fait de charrier de la terre, mais je n'étais pas dupe. Je sentais qu'il allait faire travailler Mateo et ainsi l'installer un peu plus au château.

Il avait fixé la date de ses travaux au troisième week-end d'octobre, premier jour des vacances de Toussaint. Le vendredi soir, il a mis le couvert du dîner devant la cheminée du salon. Il avait allumé un feu et sorti nos plus belles assiettes. Je me suis étonnée :

« On fête quelque chose ?

– Non, pas du tout, j'avais juste envie de te faire plaisir, on n'a pas arrêté de travailler ces derniers temps… »

Il avait préparé une soupe de légumes et des lasagnes aux courgettes.

« Ce sont les dernières, régale-toi, ça va te réchauffer ! »

Nous avons dîné calmement mais je sentais qu'il m'observait. Il avait ouvert une bouteille de gamay et a insisté pour m'en servir un verre.

« C'est léger, le gamay, tu te souviens on en avait bu à notre mariage ? »

Je ne me souvenais pas du vin servi à notre mariage. J'avais été submergée par le stress, comme dans toutes les grandes occasions.

À la fin du repas, il a remis une bûche dans la cheminée. Je me suis levée et je lui ai demandé :

« On ne monte pas se coucher ?

– Tu as sommeil ?

– Non, mais il est tard. »

Il m'a souri, il avait presque terminé la bouteille de vin. J'appréhendais qu'il veuille me parler et me dirigeais vers la porte lorsque je l'ai entendu prendre une inspiration.

« Il faut que je te dise quelque chose… »

J'ai parfaitement entendu ses paroles, mais je n'ai pas pu me retourner. Mon corps était dans l'incapacité de pivoter, je suis restée figée dans mon mouvement vers la sortie.

« Tu m'entends ? »

Ma gorge était tellement serrée que je ne pouvais émettre aucun son. B. s'est emporté.

« Je te dis qu'on va parler et tu t'en vas, on avait passé une bonne soirée, pourquoi tu gâches tout ? »

Les mots que j'aurais voulu être capable de prononcer se formaient dans mon esprit, mais ma bouche ne s'ouvrait pas.

« Bon, alors je te le dis quand même puisque je sais que tu m'entends, que tu n'es pas sourde : il va venir me donner un coup de main pour les travaux ! Sa situation est compliquée, je te passe les détails, je suppose que ça ne t'intéresse pas, mais il n'a plus de travail et il va perdre son logement, donc je vais l'aider. »

Les mots que B. prononçait me parvenaient mais comme s'il m'avait parlé de la pièce à côté, avec une intensité atténuée et un sens insaisissable.

Il a repris :

« Toi tu rends service à des gens tous les jours dans ton métier, les gens qui n'ont pas d'argent, que tu défends avec l'aide... je ne sais plus comment tu appelles ça... l'aide juridique, eh bien moi aussi j'ai besoin d'aider les autres. On a un château, on a les moyens, on n'a pas d'enfant, je vais secourir ce garçon qui est dans la merde ! »

La mauvaise foi avec laquelle il tentait de justifier son attitude m'a sortie de ma torpeur. Je réagissais à l'injustice plus qu'à la blessure qu'il m'infligeait. J'ai retrouvé mon tonus musculaire et ma voix.

« Tu plaisantes, je suppose ! Tu veux l'aider ou coucher avec lui ? Et d'où tu sors qu'on a les moyens, on n'a pas les moyens, on travaille comme des dingues et on arrive tout juste à payer les crédits ! »

Et j'ai hurlé :

« Et ne parle pas d'enfant, c'est indigne, c'est atroce, ce n'est pas ton enfant ! »

Les mots m'avaient échappé, en les prononçant je pensais : *Non, ça va trop loin, je ne voulais pas avoir cette discussion avec lui, je ne voulais pas parler de ce garçon, je ne voulais pas qu'on se dispute*, mais c'était trop tard.

B. a tiré sur la nappe d'un coup sec. Nos assiettes et nos verres en cristal se sont fracassés au sol.

Les larmes 2

Hé bien, Madame, vous y entrerez, et irez prendre votre place auprès des dames que vous y avez vues.

B. n'a pas rejoint notre chambre cette nuit-là. Nous n'avions passé que trois nuits l'un sans l'autre pendant toutes ces années de vie commune, celles qui avaient précédé le décès de ma mère car j'étais restée à son chevet. B. était toujours rentré, même tard, et avait toujours regagné notre lit pour dormir, même quelques heures. Je l'ai entendu gravir les escaliers et ouvrir la porte de la chambre du dessus.

Un silence a envahi le château, ce genre de silence qui s'installe après les chocs, les accidents.

Un silence bourdonnant de mystère qui s'est mélangé aux ténèbres des couloirs et des pièces.

Je me suis blottie sous notre couette, son tissu et le drap du dessous me glaçaient la peau. J'ai serré mes bras contre mon corps, sous mon pyjama, je sentais mes côtes. J'ai laissé glisser mes mains vers mon ventre, ma peau était sèche, presque râpeuse, j'ai perçu ma maigreur. Je mangeais peu et, même lorsque je faisais un bon repas comme ce soir, j'avais l'impression que la nourriture ne me profitait pas, je maigrissais.

Je me suis roulée en boule, les genoux vers la poitrine, et je me suis serrée très fort dans mes bras en imaginant les bras de B. autour de moi. Je me suis bercée quelques instants, j'aurais pu me murmurer quelques mots de réconfort, j'ai seulement soufflé doucement sur mes genoux pour les réchauffer.

J'ai pensé à l'expression « glacée jusqu'aux os », elle traduisait ma sensation de froid et de solitude, et j'ai ressenti un infini besoin d'être consolée. Je mesurais bien la distance entre moi et B., dormant au-dessus, ce vide entre nous dans lequel flottaient les cris et les mots prononcés ce soir. « Tu gâches tout. On n'a pas d'enfant. On a un château. On a les moyens. Je vais aider ce garçon. »

Les mots convoquaient le pire : Mateo allait s'installer ici. B. allait me délaisser, il allait l'entretenir, l'aimer sous mes yeux. Je ne pourrais pas le supporter. Je n'avais aucun endroit où aller. J'avais tout investi ici, je n'avais pas les moyens d'acheter ni même de louer un appartement. J'allais devoir supporter tout cela. Et puis, je ne supporterais pas de perdre B. Je ne supporterais pas d'être remplacée.

J'alimentais mon désarroi, je pensais à ma solitude, à la mort de mes parents, à tout ce que j'avais raté, ma carrière qui piétinait, mon cabinet installé dans ce trou.

Mes larmes inondaient l'oreiller et cette humidité, ajoutée au froid du lit, me procurait une sensation d'inconfort insupportable. Mais je n'avais pas le courage de bouger, encore moins de me lever pour aller chercher un mouchoir et une couverture.

B. devait dormir au-dessus, il avait beaucoup bu et avait dû sombrer dans le sommeil. J'aurais voulu qu'il s'inquiète pour moi, qu'il se soucie de moi, qu'il me protège.

Depuis la mort de mes parents, B. m'avait entourée de toute sa force. Sans lui, je n'aurais pas voyagé, je n'aurais pas acheté ce château, entrepris tous ces travaux. Seule, je n'aurais pas eu la force. J'ai ouvert les yeux et j'ai contemplé le vide autour de moi. J'ai pensé que j'étais perdue, seule.

Et puis, épuisée par les larmes, j'ai dû finir par sombrer dans le sommeil moi aussi.

Lorsque j'ai ouvert les yeux, B. dormait à sa place, à côté de moi.

Le sang

Il n'y avait pas moyen de la nettoyer tout à fait : quand on ôtait le sang d'un côté, il revenait de l'autre.

Il s'est mis à pleuvoir sans discontinuer pendant des semaines. Un vrai déluge qui a fait déborder les rivières alentour, imbibé les pelouses, noyé les allées, rempli les gouttières. Les murs du château suintaient et la moisissure se développait sur les soubassements. B. montait au grenier plusieurs fois par jour afin de surveiller qu'aucune fuite d'eau ne s'était produite. Il consultait sans cesse son application météo et se désespérait : « Mais c'est pas vrai, cette flotte ne va jamais s'arrêter de tomber ! »

Ses clients entraient en courant dans le vestibule, le carrelage était jonché de terre et de feuilles mortes qu'ils traînaient sous leurs baskets. Mais ce qui l'inquiétait le plus n'était pas l'état du château et du parc, c'était le chantier du préau qu'il n'était plus question de démarrer, l'eau ruisselant dans la cour et le sol en terre battue s'étant transformé en un champ de boue impraticable.

Il n'en parlait plus mais je percevais son exaspération. Un soir, au dîner, alors que le journal télévisé diffusait des reportages sur les inondations dans toute la moitié nord de la France, il s'est exclamé : « C'est une vraie catastrophe ! Et contre l'eau, on ne peut rien faire, on ne peut pas lutter… »

Comme je lui faisais remarquer que, certes, la situation était difficile pour beaucoup de gens, mais que nous n'étions pas personnellement touchés et que nous avions de la chance, il s'est énervé en rétorquant : « Ah, tu trouves ? On est sous l'eau, tous nos projets sont retardés, mais toi tu trouves que tout va bien ! »

Il voyait toujours Mateo l'après-midi et l'évolution de leur relation était contrariée par les prévisions météorologiques défavorables. Il n'était pas prévu d'amélioration avant plusieurs semaines, et sans doute le froid de l'hiver s'installerait-il ensuite, avec les gelées matinales qui ne permettraient plus de couler du béton comme il le souhaitait. Je croisais les doigts pour que le temps ne s'arrange pas.

J'observais leurs allées et venues, toujours à distance, et cette distance, toujours égale, me tranquillisait.

Un après-midi, après avoir observé les traces de leurs pas dans l'escalier, j'ai entendu des cris qui venaient de la chambre, les éclats de voix d'une dispute. Au lieu de regagner mon bureau, je me suis assise au bas de l'escalier pour essayer d'entendre les mots, mais le son était atténué par la porte épaisse qui fermait la pièce et la distance qui m'en séparait. J'ai gravi quelques marches, je ne distinguais pas mieux, encore quelques-unes, toujours rien. Je suis venue m'installer à quelques mètres de la porte. Je savais que je prenais un risque, si la porte s'ouvrait brusquement, je n'aurais pas le temps de déguerpir.

Le brouhaha avait laissé place à un silence inquiétant, puis j'ai entendu la voix de Mateo, pour la première fois. Il a crié :

« Tou mé fé sié ! *Estoy harto de esperar* ! Tou parle ta femme quand ? »

Malgré son accent très prononcé et le mélange des langues, j'ai parfaitement compris sa dernière phrase. J'ai attendu la réponse de B., la tête baissée, les yeux fermés. Le silence bourdonnait à mes oreilles. La réponse ne venait pas. J'ai entendu un fracas, sans parvenir à distinguer l'origine du bruit, un objet avait dû être projeté et se briser au sol. B. a parlé calmement :

« Calme-toi, ne casse pas le matériel, ça ne sert à rien. »

B. a ajouté :

« Allez, ne t'énerve pas, on va trouver des solutions mais laisse-moi du temps… »

L'autre a explosé :

« *No, no !* Des mois tou dis à moi, tou promets je travaille ici, je vis avec toi, je vis là dans le château avec toi. »

Je devais me concentrer pour comprendre chaque mot. B., lui, avait apparemment très bien saisi puisqu'il a explosé à son tour :

« Mais je ne t'ai jamais dit ça ! Je t'ai dit que je pouvais te dépanner, pas que tu pouvais t'installer ici ! »

L'autre a sifflé :

« Dépanner ? Je comprends pas ce que tou dis...

– Je pense que tu as très bien compris : t'héberger quelques jours en attendant qu'on te trouve un appartement. »

Mateo lui a coupé la parole :

« Je peux ce soir ici alors ? Je peux plus avec mi colocataire, je reste avec toi ici ce soir...

– Non, tu peux pas rester ce soir, je t'avais dit que tu resterais quand on commencerait le chantier. Là, on n'a pas commencé, ma femme ne comprendrait pas... »

J'étais abasourdie par le discours que tenait B. : ainsi, je pourrais comprendre que Mateo dorme chez nous s'il y travaillait ? Devrais-je comprendre aussi qu'il passe ses nuits avec lui ? Ou qu'il partage ses nuits entre lui et moi, entre notre chambre et la chambre secrète ? Et tout cela parce que Mateo travaillerait pour nous ? J'attendais maintenant sa réaction face au refus de B.

J'ai entendu un nouveau fracas, suivi d'un cri : « *Puta !* » et d'autres insultes en espagnol dont je pouvais deviner le sens.

B. a crié :

« Arrête tout de suite ! Tu es en train de tout gâcher là ! »

Un chahut a suivi, des impacts de coups, le son de chutes au sol, puis B. a hurlé :

« Dégage connard ! »

L'autre ne disait plus rien, il devait être sonné. J'ai pensé que c'était le moment de décamper. Je me suis relevée et j'ai descendu l'escalier en prenant garde de ne pas faire de bruit. J'ai juste eu le temps de regagner l'étage inférieur et de m'enfermer dans nos appartements quand j'ai entendu des pas dans l'escalier. Il m'a semblé qu'une seule personne descendait. La porte d'entrée a claqué. Je me suis précipitée à la fenêtre, j'ai vu la silhouette de Mateo qui s'éloignait sous la pluie battante.

J'ai ouvert la porte et j'ai écouté, le silence était revenu dans le château. Je suis retournée vers l'escalier, des gouttes de sang traçaient un chemin vers la sortie.

La porte

Dans ce moment, on heurta si fort à la porte, que la Barbe-Bleue s'arrêta tout court : on ouvrit, et aussitôt on vit entrer deux cavaliers, qui mettant l'épée à la main coururent droit à la Barbe-Bleue.

Les semaines suivantes ont été moroses. B. parlait peu, buvait beaucoup, se couchait tôt. J'avais l'impression qu'il m'évitait. Les gouttes de sang avaient séché dans l'escalier, elles s'étaient incrustées dans le bois et étaient certainement indélébiles. J'avais passé un coup de serpillière dans l'entrée après le départ de Mateo, qui avait laissé une petite flaque devant la porte et sur la poignée. B. avait dû cogner fort.

Le froid glacial de l'hiver s'est installé et B. n'a plus jamais parlé des travaux du préau, ni mentionné le nom de Mateo. Au mois de décembre, il a pris contact avec des entreprises pour faire changer la porte d'entrée. Il trouvait qu'elle n'était pas assez étanche, un drôle de courant d'air se faufilait parfois dans les couloirs. Toutes les fenêtres avaient été changées, les murs avaient été isolés, seule cette porte ancienne subsistait du bâtiment d'origine. Nous avions décidé de la conserver car elle était très originale : un paysage bucolique dont les couleurs avaient passé était peint sur sa face intérieure et tous les clients s'extasiaient sur cette fresque qui semblait représenter, à quelques arbres et buissons près, la vue sur le parc depuis les portes-fenêtres de l'autre façade. On avait ainsi l'impression que cette porte était ouverte elle aussi sur un paysage identique.

B. m'a annoncé un soir :

« J'ai trouvé une entreprise qui a l'air sérieuse. Ils viennent demain matin prendre les mesures pour faire un devis. Il faut qu'on soit bien isolés chez nous, on a l'impression de vivre dans un château ouvert à tous les vents, ça devient vraiment urgent ! »

Il a ajouté après un moment de réflexion :

« On conservera l'autre porte en souvenir. »

Puis il s'est plongé dans ses pensées en regardant son verre de vin blanc.

Une porte neuve et parfaitement hermétique a été posée quelques semaines plus tard. Elle n'avait pas le charme de l'ancienne mais elle nous isolait parfaitement. Le son produit par son ouverture et sa fermeture était bien différent, elle ne claquait plus, elle était équipée d'un amorti et, de mon cabinet, j'entendais moins les allées et venues des clients de B.

Il m'a demandé s'il pouvait remiser la vieille porte à l'étage, dans la pièce qui contenait les meubles de mes parents. Je n'y voyais pas d'inconvénient, il était dommage de jeter cette belle pièce au feu et elle irait rejoindre mes souvenirs. Un soir, après ses cours, j'ai entendu du bruit et des voix dans l'escalier, B. avait demandé à deux de ses clients de l'aider. J'ai assisté à la scène depuis l'entrée. Les trois soufflaient et juraient, et B. répétait :

« Elle pèse un âne mort ! Allez, on y est presque, encore quelques marches. Ne râlez pas, je vous offre un quart d'heure de muscu supplémentaire ! »

B. les a invités à boire une bière dans la cuisine. Ils venaient s'entraîner depuis l'ouverture de la salle, l'un tenait une boutique de produits italiens dans notre ville et l'autre y avait une entreprise de plomberie. Ils étaient costauds, parlaient fort. B. m'avait souvent dit qu'ils étaient sympas mais un peu lourds. Je les ai entendus plaisanter et rire avec lui.

Lorsqu'il les a raccompagnés à la porte, ils m'ont aperçue dans l'entrée, je terminais de balayer les recoins de la pièce où s'était accumulée la poussière du chantier. Ils m'ont souri et ont regardé B.

« Elle est vraiment charmante ta petite femme ! »

Leurs visages étaient luisants de l'effort fourni et des bières bues. B. a rétorqué :

« Eh ouais, j'ai de la chance ! »

L'un des types lui a tapé dans le dos en ajoutant :

« Tu m'étonnes que t'as de la chance ! Si tu connaissais la mienne, tu comprendrais ! »

Puis, en éclatant de rire, il a ajouté :

« Mais non, j'déconne ! Ah, qu'est-ce qu'on ferait sans nos femmes ? »

B. a refermé la porte et s'est extasié :

« Quel bonheur d'avoir une porte qui ferme ! On est bien au chaud chez nous... »

Le sang 2

Ils lui passèrent leur épée au travers du corps, et le laissèrent mort.

Quelques jours avant Noël, la neige est venue recouvrir le parc et nous isoler du monde. Le chemin d'accès au domaine était impraticable, quinze centimètres de poudreuse s'étaient déposés et le froid vif persistait. B. a envoyé un message à tous ses clients pour les prévenir que, compte tenu des intempéries, les cours de gym ne pourraient avoir lieu. Il voulait en profiter pour faire un grand ménage dans le château et des rangements que l'emploi du temps chargé de ces derniers mois ne lui avait pas laissé le loisir d'entreprendre.

Je n'étais pas remontée à l'étage depuis le départ de Mateo. Un jour que B. triait les bouteilles dans la cave, j'ai gravi l'escalier. Plus je m'élevais, plus les gouttes de sang séchées parsemaient l'escalier. Sur la dernière marche, elles formaient comme un drôle de petit cercle. J'ai imaginé que Mateo s'était arrêté un instant pour sortir un mouchoir, ou placer ses mains sous son nez qui dégoulinait.

J'ai eu la vision d'autres gouttes de sang, bien vif celui-là, qui parsemaient le couloir de l'immeuble de notre appartement de Paris lorsque j'avais cinq ou six ans. J'avais conservé l'image de ce lieu sombre, encombré du souvenir de ma sœur, mais j'avais totalement oublié la présence du sang.

L'appartement était en fond de cour, nous devions emprunter un long couloir pour sortir sur la rue de Sèvres. Une boucherie était installée dans l'immeuble et les livreurs l'approvisionnaient en passant par ce couloir, les bêtes écorchées sur l'épaule. Nous les croisions lorsque nous sortions, ma mère se plaçait devant moi et me disait : « Mets-toi bien sur le côté, laisse passer les messieurs ! » La vision d'horreur des corps de ces animaux morts a sans nul doute contribué à ma détestation de ce lieu et à mon aversion pour la viande ! Mais j'avais enfoui dans ma mémoire le souvenir de ces gouttes de sang luisant sous les néons du couloir, que je découvrais à chaque retour de promenade. Ma mère me mettait de nouveau en garde : « Attention de ne pas marcher dans le sang ma chérie ! »

Toute la violence de cette scène qui s'était répétée m'apparaissait désormais. Les traces de ce sang qui surgissait et venait éclabousser mon chemin. Les cadavres des bêtes qu'on allait suspendre dans les pièces jouxtant le couloir. Ma tristesse dans cet appartement sombre, devant la porte de cette chambre close résonnant de l'agonie de ma sœur. Mon désir de quitter le lieu, de quitter tous les lieux, de nettoyer, d'effacer toutes les traces.

Je suis entrée dans la chambre aux souvenirs. Des traces de pas dans la poussière se dirigeaient vers la vieille porte qui avait été déposée devant le buffet de mes parents. La place commençait à manquer et B. avait dû chercher un endroit pour la caler sans gêner le passage. J'ai fixé le paysage peint : une allée centrale figurait comme une ligne de fuite, traçant entre les haies de buis et les buissons de roses. En me penchant, j'ai pu apercevoir de minuscules petites roses dont le rouge avait passé.

Petites taches rouges qui s'effaçaient avec le temps, comme les gouttes du couloir de Paris et celles de l'escalier du château. J'avais laissé les photos en vrac à ma dernière visite, les photos mêlées de mon enfance et de celle d'Anne. Je les ai étalées sur le sol comme un jeu de tarot. Anne, moi, moi, Anne. Nos parents jeunes lorsque Anne était enfant, nos parents plus âgés comme je les avais connus. Et puis une photo d'Anne adolescente en noir et blanc. Elle posait dans un square, elle portait une robe à fleurs que j'imaginais rouges et des chaussures à talons. Ses cheveux bruns étaient tirés en arrière. Mon père avait dû prendre la photo. L'année était inscrite au dos, au crayon. L'année de ses dix-sept ans, l'année de sa mort. Anne morte à dix-sept ans d'une leucémie aiguë, un cancer du sang qui l'avait emportée en quelques semaines.

Une photo de moi, au même âge, en couleurs. J'étais dans ma période platine, j'avais les cheveux ébouriffés, un jean, un tee-shirt blanc et des baskets. Je voyais tous mes efforts pour ne pas ressembler à la fille de la photo, l'autre fille de mes parents. J'étais dans le jardin de la maison d'Orsay, je souriais exagérément, mais j'avais peur.

J'ai rassemblé les photos et les ai une nouvelle fois replacées en tas dans l'album, je les trierais un autre jour.

La lumière du dehors était blanche et irradiait chaque objet. Ce soleil étincelant des jours de neige venait frapper en son centre la drôle de porte, qui m'est apparue comme une échappatoire. Une porte de sortie symbolique posée au milieu de tous ces objets du passé.

La clef 2

Elle en employa une grande partie à marier sa sœur Anne avec un jeune gentilhomme... et le reste à se marier elle-même à un fort honnête homme, qui lui fit oublier le mauvais temps qu'elle avait passé avec la Barbe-Bleue.

Je suis retournée dans le couloir et j'ai actionné la poignée de la porte de la chambre secrète. B. l'avait fermée à clef. Je me suis demandé s'il y avait fait le ménage, s'il avait retiré les draps du lit. Du sang avait dû maculer le sol et le linge. B. était maniaque, il avait dû nettoyer. Il n'a jamais parlé de l'incident et, lorsque nous empruntions ensemble l'escalier, il semblait ne pas remarquer les traces que nous piétinions.

Le soir, il est venu m'enlacer dans le lit et a soupiré :

« Tu as entendu les prévisions météo ? La neige ne va pas fondre avant la fin de la semaine prochaine, il fait trop froid... Je ne vais pas pouvoir reprendre le travail tout de suite. »

Il m'a embrassée dans le cou et m'a murmuré :

« Et si on partait quelques jours, ça te ferait du bien, non ? »

Je jubilais. Un sourire s'est dessiné sur mon visage. Il a repris :

« Tu ne dis rien ? Ça nous ferait du bien à tous les deux de nous reposer loin d'ici. Au château c'est impossible, il y a toujours quelque chose à faire ! »

Il a dû entendre le sourire dans ma voix quand j'ai objecté :

« Et on sort d'ici comment ? On est coincés, non ?

– On s'enfuit à pied, avec nos après-skis, on appelle un taxi qui viendra nous chercher sur la nationale et nous emmener à l'aéroport. On laisse tout derrière nous ! »

Il a resserré son étreinte et j'ai répété :

« D'accord, on laisse tout derrière nous ! »

Il s'est blotti contre moi. Je n'avais pas senti cette chaleur depuis des mois. Il m'enveloppait de ses bras mais j'avais l'impression qu'il se faisait petit, il pesait peu et son souffle était léger comme celui d'un enfant.

Alors que nous étions réfugiés sous la couette, j'imaginais notre départ : il faudrait passer dans chaque pièce pour régler le thermostat de chaque radiateur, vérifier que les fenêtres étaient bien fermées dans les vestiaires, vider toutes les poubelles, cadenasser tous les volets. Il faudrait refermer le grand portail avec la chaîne, puis enfin porter la valise qui ne pourrait pas rouler dans la neige. Chaque détail matériel m'apparaissait alors que nous n'avions même pas évoqué notre destination. Je répétais les consignes de ce départ comme si j'organisais méthodiquement notre fuite.

Je voyais le taxi roulant vers l'aéroport et B. qui me tenait la main pendant que le paysage défilait. Le château aux volets clos que je regardais s'éloigner. Je l'abandonnais au froid, à l'obscurité et au silence. J'abandonnais ma roseraie au givre, je tournais le dos à l'enchevêtrement des pièces, des couloirs, à l'escalier taché de sang, à la pièce aux souvenirs, à la chambre secrète de B.

Le château nous attendrait, recouvert par la neige qui avait transformé notre paysage. Un palimpseste de poudreuse dont la blancheur immaculée viendrait recouvrir nos enfances, nos douleurs, effacer les mots prononcés dans la souffrance. Elle emporterait dans sa fonte les mensonges et les trahisons.

J'avais souvent disparu pour échapper à mes fantômes, mais je n'avais jamais été capable de vraiment prendre la fuite.

Le matin de notre départ, dans le taxi, B. a enlacé mes doigts dans les siens. Je voyais son profil illuminé par l'éclairage public puis passant dans l'obscurité alors que les réverbères défilaient, l'alternance d'ombre et de lumière sur son visage. B. s'éclipsait mais ne disparaissait pas.

Le soleil s'est levé à l'approche de Roissy. Nous nous sommes retrouvés dans une immense aérogare au milieu de la foule, regardant le tableau des départs main dans la main.

B. avait rasé sa barbe et laissé repousser ses cheveux. Il portait une veste bleue qui dépassait sous son anorak et un jean de marque. Il a suggéré d'enlever nos après-skis et de mettre nos baskets. Il n'y avait plus deux sièges libres côte à côte et nous avons dû nous asseoir chacun au bout d'une rangée. J'ai commencé à tirer sur mes bottes, puis à dénouer les lacets de mes baskets qui s'étaient emmêlés. Lorsque j'ai relevé la tête en direction de B., j'ai vu qu'il regardait ailleurs.

Il suivait des yeux un garçon qui avançait vers les comptoirs d'embarquement en tirant une valise cabine, un grand brun en costume rayé assez classe. Leurs regards se sont croisés et le garçon a poursuivi sa route. B. s'est levé, a empoigné la valise et a fait quelques pas vers les comptoirs, puis il a pivoté vers moi et m'a fait un signe.

« Ça y est, l'embarquement a commencé ! »

Je l'ai rejoint dans la file d'attente. Un couple nous séparait du garçon, deux mètres devant nous. Le regard de B. a glissé de son dos à ses fesses et est remonté vers sa nuque. J'ai pris sa main et j'y ai exercé une légère pression. Il a cherché les billets et les passeports dans la poche intérieure de sa veste bleue. En forçant pour les extraire, il a fait tomber un objet métallique qui a tinté en heurtant le sol.

Une clef gisait entre nous. Une simple clef plate et brillante. J'y ai vu comme une trace rouge sombre de sang coagulé. Nous sommes restés debout la tête baissée à la regarder un instant, puis B. l'a envoyée valdinguer d'un coup de pied.

Les citations sont extraites de *La Barbe-Bleue*, de Charles Perrault.

Table

COMPOSITION ET MISE EN PAGES
PAR NORD COMPO À VILLENEUVE-D'ASCQ

CET OUVRAGE A ÉTÉ ACHEVÉ D'IMPRIMER
SUR ROTO-PAGE
PAR L'IMPRIMERIE FLOCH À MAYENNE
EN MARS 2024

N° d'impression : 104473
Dépôt légal : avril 2024
Imprimé en France